集英社オレンジ文庫

きみを忘れないための5つの思い出《しるし》

半田　畔

本書は書き下ろしです。

CONTENTS

5 きみを忘れないための5つの思い出《しるし》
67 見る見るうちに
129 教室姫
197 きみとつながるサテライト

イラスト／ヤマウチシズ

きみを忘れないための5つの思い出《しるし》

1

誰にでも、二度とは思い出したくない失敗や絶望の記憶はきっとあって。だけど同時に、これだけは忘れておきたくない大切な思い出も、やっぱり存在する。ちなみに僕の思い出したくない失敗の記憶は、小学校のころ取ったテストの百点をカンニング呼ばわりされて、必死に抵抗したらいじめられたことと、中学校のころ好きな女子の名前を机に書いていたら、偶然、その子にだけばっちり見られてしまったこと。

そんな僕にとっての忘れておきたくない大切な記憶は、遠藤不破子《えんどうふわこ》に関する思い出だ。

二度と思い出したくない記憶を泥沼に沈めて掘り起こせなくするなら、彼女との記憶は普段しまっている記憶のたん笥《す》よりも、さらに高価な木箱のなかにそっと眠らせておいて、あとでひとり、そっと楽しむ類《たぐい》のものだ。

記憶のたん笥はみんなにあって、僕の場合はその引き出しが、ひとより少しだけ多い。それは何もできない僕のただひとつのとりえで、だから彼女が転校してきたとき、自己紹介のときのセリフも一字一句覚えている。

「わけあって転入してきました、遠藤不破子といいます。あだ名はふわふわです。あ、だからって脳みそまでふわふわで、ちゃらんぽらんなわけではなくて、ちゃんと勉強もできるんですよ？　確かに髪型はちょっとふわふわかもしれないけれど、ちなみにこのふわふわというあだ名は自分でつけました。自分の名前の不破子と、女子のかわいさアピールをかけ合わせた、したたかなあだ名です。わたしのことは嫌いになっても、ふわふわのことは嫌いにならないでください。卒業後も、みんなに忘れないでおいてもらえるようなひとになりたいです！　よろしくお願いします」

　ぽかんとするもの、クスクスと笑うもの、ひかえめに拍手をするもの。それぞれが微妙なリアクションをしていたけど、みんな、彼女を強烈に記憶した。

　ちょっと天然なところもあって、しゃべるたびにボロをだすような子だったけど、それでも「鼻についてなんかムカつく。だからいじめてやろう」という女子もあらわれず、不破子さんはあっという間にクラスの中心になった。

　僕は彼女を不破子さんと呼んだけど、クラスはみんな「ふわふわさん」と呼んでいた。遠藤さんと呼ぶひとは教師以外誰もいなかった。中学から仲のいい、僕と似て性格がひかえめな吉田《よしだ》くんですら、彼女をふわふわさんと呼んでいた。あだ名はひとを強く印象づける。同時にひとの懐《ふところ》にすっと入っていきやすい、魔法のアイテムだ。吉田くんもその魔法にかかったのだ。

僕はというと、一歩引いて彼女を見てしまっていた。

くるりとまいた茶髪と、大きな瞳。守ってあげたくなるような、それでいて幼くは見えない、絶妙な身長。アイドルほど可愛《かわい》すぎず、モデルほどきれいすぎない、そんな境目にいるような雰囲気。だから僕も、みんなのように彼女の懐に入っていきたかったけど、できなかった。なぜなら不破子さんは僕の隣の席だったからだ。

クラスの太陽である彼女の真横にいると、とたん、ただでさえ影の薄い僕がますます存在感を失う。不破子さんと会話をするために寄ってきた男子や女子が僕のイスや肩にぶつかってきても、誰も謝ってくれない。そういう意味で、彼女には憧れと一緒に劣等感も抱くようになった。不破子さんのそばにいると、僕は焦げついて、誰も興味を示さない消し炭になる。

そんな僕が、不破子さんと関わる機会があった。彼女が転入してきて一カ月ほどが過ぎた、中間テストのときだった。

僕はひとよりも多くの記憶の引き出しを持っている。だからテストは得意だった。教科書やノートの内容を覚えてさえいれば、解ける内容ばかりである。目立たない消し炭の僕が、唯一存在感を発揮できるイベントともいえた。

だけど小学校のときの二の舞にはなりたくないから、どの教科も必ず四、五点は間違えるようにしていた。クラスで一位になり、かつ疑われない絶妙な点数を僕は会得していた。

そのときの中間テストも、張りだされた順位表の一番上に僕の名前があった。クラスの数人が僕のもとにきて、「やっぱすげえな」「今度教えてよ」と声をかけてくれる。陸上部でモテる安井《やすい》くんですら僕を見てくれる。やっぱりテストは好きである。

そして気づく。僕のひとつ下の順位に、不破子さんがいた。点数差はわずか二点。たった二点だけど、彼女のまわりにはやっぱりひとだかりができる。それでも不破子さんは、悔しそうな目で僕を睨《にら》んできていた。

「二位じゃだめなの」

彼女はつぶやいて僕の横を通り過ぎていった。なんとなく気まずくなった僕と不破子さんは、それから数日もしないうちに、今度は二人きりで関わることになる。

数学の提出プリントがあり、僕たちは、教師にあとで回収し持ってくるように頼まれた。僕が動きだそうとする前に、不破子さんはすでにみんなからプリントを回収していた。というより、みんなが不破子さんのところにプリントを提出しにいったのだ。

「持とうか?」僕が言う。

「ううん、大丈夫。ありがと」

女子である不破子さんにプリントのぜんぶを持たせてしまったまま、クラスの数名に睨まれて、二人で教室をでる。

不破子さんはこの間のテストのことを引きずっているかと思ったがそんなことはなく、陽気に話しかけてきた。

「時輪《ときわ》くんとはあまりしゃべったことないよね。隣の席同士なのに、失礼しました。でも、この間のテストはすごかったね！　ちょっと悔しかったけど、わたしよりも頑張ってるひともいるんだって、驚いた！」

テストで負けたことなど、過ぎたことで引きずったりはしないようだ。いかにも太陽らしい、彼女の性質である。それに対して僕は、うん、そうだね、とつまらない回答しかできなかった。

「数学の先生、ものすごく神経質なんでしょ？　なんでもプリントの並びがそろっていないとすごく怒るとかって」彼女が訊《き》いてくる。

「うん。前に職員室に持って行く途中でプリントをぶちまけちゃったやつがいてさ、そいつが適当に並べて提出したら、席順になっていないとかって怒られたみたいだよ」

ちなみに吉田くんのことである。

「気をつけなきゃね。だがあえて！　わたしはその危ない橋を渡るのだ！」

言って、彼女はプリントの束を片手持ちで歩きはじめた。ちょっと待て。おい。

お盆のうえにジェンガのタワーを乗せて歩くみたいに、そっとした足運びをする不破子さん。いくらなんでも無茶だ。どうして危ない橋を渡るのだ。案の定、すぐに盛大に転び、ぶちまけた。

「ど、どうしよう時輪くん……」

バカか。

バカなのか。

プリントは宙を舞い、彼女の体にはらりはらりと落ちる。はじめは茫然《ぼうぜん》としていた不破子さんだが、プリントをかきあつめ、なんとか席順に戻そうと試みる。だが出だしから、その手つきはおぼつかない。いまにも消え入りそうな記憶を、必死につかもうとしているみたいだった。

「木苺《きいちご》さんが窓ぎわのはじめにいて、その次が、有野《ありの》くんかな？　それから、ええと、ええと、ここまで出かかっているんだけどなぁ……」

言いながら、彼女は自分の人差し指をさした。ここまで出かかっているというセリフと一緒に、人差し指をさすひとを初めて見た。普通、頭をさすだろう。どこから記憶を出すつもりなのか。

結局、不破子さんの人差し指から答えが放出されることはなく、僕は助け船をだすことにした。

「大島《おおしま》くん。その後が笠井《かさい》さんで、藤村《ふじむら》くん、大谷《おおたに》くん。次の列が島崎《しまざき》さんから始まる」

僕は言いながら、プリントを拾い集め、順番に重ねていく。

「ちょっと待って！」

不破子さんが叫ぶ。

「時輪くん、クラスの全員の席順を覚えているの？」

「覚えようとしたわけじゃないよ。記憶するのが得意なだけ。というかクラスの席順くらいなら、きっと誰でも覚えてる」

「記憶力がいいんだ？」

「一度見たものは忘れない、と思う」

びくん、と不破子さんの肩が跳ねあがる。別に大きな声を出したつもりはなかったけど、驚かせてしまったのだろうか。

「それってどういうこと？　もう少し、詳しく教えてよ」

不破子さんが僕の瞳をのぞきこんでくる。ぐい、ぐい、とものすごい好奇心だった。恥ずかしくなって、僕はプリントの回収に没頭しているフリをしながら、説明する。

「瞬間記憶の力がある。昔から見たものは忘れないし、覚えようとしなくても、頭に残る。

風景や映像として。頭のなかに記憶の引き出しがあるなら、僕はそれが、ひとよりも少し多いんだと思う」

　数秒の間があって、不破子さんがとび跳ねた。

「すごいね！　だからテストも一位だったんだ！」

「まあね」

「でも、百点満点は取れなかったの？」

「……いろいろあるんだよ」

　そこでプリント回収の僕の手がとまる。

　まいった。

　ピンチだ。

「どしたの？」

「誰だっけ。たまにポニーテールしてくる、細い目をしてて、笑うときに声が高い女子」

「西山《にしやま》さんのこと？」

「ああ、彼女が西山さんっていうのか。ずっと知らなかった」

「なにそれ。転入してきたばかりのわたしが覚えてるなんて、変なの」

　不破さんが笑う。明るい彼女はよく笑い、いろんなひとに笑顔を見せるが、僕に向けられたものは、これが初めてだった。

「名前は覚えていても、顔が一致しないときがあるんだよ。覚えていても、パズルのピースを一致させてないんだ」

「時輪くん、もうちょっとクラスメイトに興味をもちなよ。そのパズルは早く完成させたほうがいいよ」

からかわれながら、プリントの回収を終える。きれいに席順通り、戻し終えることができた。

不破子さんは束を持ち、今度は両手でしっかりと支えていた。そんな彼女に、僕はあらためて声をかける。

「持とうか?」

「うん、じゃあ半分持って」

それから僕と不破子さんはよくしゃべるようになった。よくしゃべるだけじゃなくて、よく一緒にいるようにもなった。昼食も中庭のベンチに移動して、二人で食べるなんていうこともしょっちゅうだった。友達の誘いを断ってから僕のところにテコテコやってきて、

「今日はどこで食べる？」なんて訊いてくる瞬間が可愛かった。可愛いし、クラスの花が自分との時間を優先してくれることが、とても優越感だった。

彼女は幼馴染《おさななじ》みみたいにそばにいた。不破子さんは、僕の瞬間記憶の力に興味津々《しんしん》だった。

「生まれたころからすべてのことを記憶しているの？」

「初めて自分が立って、母親の足にしがみついた日を覚えてるよ」

「じゃあ、小学生になって初めての給食は？」

「カレーライスと春雨サラダ」

「それほんと？」

「不破子さんは思い出せる？」

「菓子パンと牛乳」

「それ昨日の昼ごはんでしょ」

ふざけあって、不破子さんは僕に笑顔を向けてくる。自分の言葉が彼女を不快にさせているわけではなさそうで、ほっとする。ちなみに彼女は、すごい甘党だった。

放課後は遊びにも出かけた。駅前のデパートにできた新しい映画館。寄ったクレープの屋台で、不破子さんは二枚もたいらげた。それから苦手なカラオケにも行った。不破子さんは歌がうまく、僕は下手だった。彼女は僕の歌声に爆笑した。いつもは歌うことすら嫌だったけど、彼女の前でなら平気だった。

不破子さんの好きな食べ物はそばだということを知った。逆に苦手な食べ物はうどんで、その近さが面白い。友達といる時間が好きだと語る彼女はしかし、転入前の友達の話をしなかった。話すことが好きな不破子さんが自分の前の友達について、一度もしゃべらないのは少し不思議だと思ったけど、触れないでおいた。

彼女の一挙一動が、過ごす一日が、僕の引き出しのなかに収納されていく。まるで不破子さんのほうからアピールしているみたいに、どれもが強烈に記憶が刻まれていく。やがて強烈に記憶していくのは、僕が彼女に恋をしているからだということに気づいた。

「きみがうらやましいよ」

いつもの昼食、ベンチに二人で座りながら、横にいる不破子さんに言った。

「みんなに囲まれて、将来に歴史や偉業を残すのは、きっと不破子さんみたいなカリスマのあるひとだ」

少し黙って、不破子さんは応《こた》えた。

「ねえ時輪くん。わたしの転入してきたときの自己紹介のセリフを言ってみて」

「なんで急に」

「いいから言ってみて」

映像とともに鮮明に焼きついている記憶。僕は彼女のセリフを一字一句間違えずに答えてみせた。彼女は満足そうに、心地いい音楽を聴いたあとみたいな表情で、うなずいた。

「そのとおり。『卒業後も、みんなに忘れないでおいてもらえるようなひとになりたい』。でもね時輪くん。きっとそれは無理。どれだけ派手に騒いでも、どんなに明るくふるまっても、人気者になっても、わたしのことを一番覚えているのは、きっとわたしだけ」

さびしげな、誰にも理解されないとあきらめた、そんな顔だった。いままで見たことのない顔。明るくふるまう彼女の、唯一見せた、隙《すき》のようなもの。わたしのことを一番覚えているのは、わたしだけ。なぜかそのフレーズがとくに、頭に残った。

彼女の哀しげな表情を、なんとか変えてあげたいと思った。その一心で、言葉がでた。

「僕がいるよ」

「え？」

「僕は記憶の引き出しを、ひとよりも多く持っている。だから僕はきっと、ひとよりも多く、きみを覚えていられる」

不破子さんはからかうように笑う。

「覚えていてくれる？　いつかのクラスメイトみたいに、顔と名前が一致しないようになるんじゃない?」

「そんなことはないよ」

「どうして言い切れるの。瞬間記憶能力にも、隙はあるでしょ?」

「前に忘れていた西山さんときみには、決定的な違いがある。それはその、つまり、僕が恋をしているか、していないか」

言ってしまった。

しばしの沈黙。

まさか聞き逃していた、なんてことはないだろう。

我ながらキザな告白だった。最悪だ。これだから自分が嫌なんだ。ひととあまり関わってこない人間がでしゃばると、余計なことしか起こさないみたいだ。

「わたしに恋してるの?」

不破子さんがうつむきかけた僕の顔を、下からのぞきこんでくる。一瞬、ちらりと目が合って、すぐにそらす。言葉をつむげ。いまのはなし、とか、言い訳をすぐに武装しろ。

「だ、だから、瞬間記憶の隙は、それで埋められると思う」

「『好き』だけに?」

「ぜんぜんうまくない!」

はじめて彼女にツッコミをいれた。不破子さんは笑ってくれた。

それから、とん、と彼女は肩によりかかってきた。体重をまるごと預けてきて、僕は倒れてしまわないようにぐっと腰に力をいれた。

「時輪くん」

「はい」

「本当いうとね、きみが今日告白してこなかったら、わたしが明日、時輪くんに告白してました」

それが返事だった。

こうして僕と不破子さんは、恋人同士になった。

ここまでが、僕が大切な思い出として残しておきたいと思った、記憶の話。瞬間記憶能力を持っている僕が絶対に覚えておきたい記憶として、彼女と過ごした思い出の話。

そしてここからが、そんな彼女を忘れていくまでの話。

2

恋人のできたことがなかった僕は、同じクラスの女子と付き合ったときの教室の反応を予想することができなかった。お互いに誰かに積極的に話すわけでもないし（なぜ決めつけていたのだろう）、まあせいぜい一週間は隠し通せるのかな（なぜ隠そうとしたのだろう）と思っていたら、見事に甘い算段だった。僕が付き合っているのは、クラスでは「あの」と一目置かれる、遠藤不破子だ。

教室のドアを開けたとたん、僕のもとに男子たちがなだれ込んできた。席につこうと思ったのに、廊下に押し戻される。勢いがすごすぎて、僕はそのまま転倒してしまった。そこで遠慮するのかと思いきや、チャンスとばかりに男子陣は僕を取り囲み、ぐいぐいと迫ってきた。

「お前、ふわふわさんと付き合ってるのか！」「なんでお前が！」「酸素よりも存在感の薄い二酸化炭素みたいなやつのクセに！」「いったいどうやって⁉」「俺らに対する躊躇《ちゅうちょ》とかなかったのか！　相談とかなかったのか？」「みんなで暗黙のルールをつくろうとしてたのに！　ふわふわさんには迂闊《うかつ》に手をださないって！」「いつの間に仲良くなってたんだよ！」「ところで彼女の写メが欲しいんだけど！　隙だらけで食事しているところとか！」

言葉の槍《やり》が次々と投げられる。僕はそれらをすべてかわすほどの広い盾を持っていなかった。ぼろぼろになって教室に入ってきた僕と、すでに教室にいて同じように女子に取り囲まれている不破子さんの目が合う。くすりと彼女は笑った。僕にだけわかる笑顔で。同じ被害を共有しているような、お互い災難だね、と同情してくれるような、そんなうれしさがこみあげる。

教室では一週間くらい、僕と不破子さんの話題でさわがしかった。どこへ行くにも二人で移動しようとすると、とたんに張り込みが二、三人ついたりする。大げさでなく、芸能人とそばに歩いているような気分だった。不破子さんがしびれを切らして、「もーっ！なんなんだよーっ！」と怒ったりすると、数人は嬉《うれ》しそうに逃げていったりする。怒る仕草も可愛いと、苦労するのだ。

「ごめんね。言いふらしたの、わたしなんだ。今日機嫌がよさそうだね、って言われて、それでつい、ポロッと」

「大丈夫だよ。僕もきっと友達に上機嫌の理由を訊かれたら、うっかりこぼしていた」

本当の友達は少ないけど、吉田くんくらいなら僕の変化に気づいて、声をかけてくれていてもおかしくない。ちなみに吉田くんは最近、僕に輪ゴムをびしびしと当ててくる。きっと彼なりに考えた、すごく効果的な嫌がらせなのだろう。事実、地味に痛い。

「ねえ、今度の土曜日のデート。どこに遊びにいく？」

ベンチで足をぷらぷらさせながら、こちらに期待するような目を向けて、不破子さんは言ってきた。

デートという言葉を耳が敏感にとらえて、とたんに熱くなる。ああ、あらためて僕は不破子さんと付き合っているのだと自覚する。恋人とデートの予定をたてる自分がいま、ここにいることにめまいがする。

「不破子さんは、どこにいきたい？」僕は言った。

「時輪くんの行きたいところ」

「それは困るなぁ」

「なんで？　だって時輪くんの趣味とか知りたいよ？　ちなみにわたしは、すごく甘いものが好き」

趣味がないから困っている。そう言うと幻滅されそうで、黙っておく。

「ふ、不破子さんの行きたいところが、僕の行きたいところかな」

「もう、適当なんだから。じゃあきれいな場所。行ってみたいな」

「きれいな場所？」

「身近なところでいいからさ、時輪くんが見てきたもののなかで、きれいだったところ。そういうところに行ってみたい。記憶するのは得意なんでしょ？　ああ、楽しみだなぁ！記憶力の豊かなひとが連れて行ってくれる、魔法のようにきれいな場所！　とびっきりのオシャレをしていこう！」

優柔不断な僕を導いてくれた不破子さん。だが「期待している」という言葉をいろんなニュアンスで伝えながら、ハードルを少しずつあげてきたのは、きっと何かの意地悪だ。不破子さんはししし、と僕の肩を小突いてきた。

結局、僕が選んだのはプラネタリウムだった。不破子さんは開始五分で眠ってしまった。こんな場所を選んだ自分への反省と、それから起きたときの彼女の反応が見たいという個人的な趣向から、そうっと手を握っておいた。

一時間後、僕が握っているのは鉄球だった。

「ほらほら。何をバテてるの？　あと5ゲームはやるよ？」

不破子さんは眠った体を起こしたいと、ボウリングを提案してきた。腕がしびれて、明日の筋肉痛は確定だとなげく僕を、不破子さんはケラケラ笑った。

「時輪くん、セミのぬけがら族になってるよ」

「セミのぬけがら？　何それ」

「うずくまってるって意味。ほら、ぐったりしてるときとか、授業中に寝てるときとか」

よくわからないが、不破子さんの造語か何かだろう。

彼女はストライクを取るたびに、その場にいる誰よりも嬉しそうにとび跳ねた。両隣のレーンでゲームをしている客が、こちらを凝視していた。

「ちょっと、不破子さん、はしゃぎすぎ。みんなに見られてるよ。あいつは変なやつだって、覚えられちゃうよ。次から遊びにこられなくなるよ」

「大丈夫」

彼女は力強いピースを向けて、自信満々に応えてきた。

「みんな忘れちゃうよ。わたしのことを一番覚えているのは、わたしだけだから」

わたしのことを覚えているのは、わたしだけ。

彼女は節々で、その言葉を使う。


気づいたことはほかにもあった。趣味や好きなものはもちろんだけど、僕が特に面白いと思ったのは、彼女のクセである。

不破子さんはよく、独特な言葉のセンスで物事を表現する。もともと自分のあだ名を

「ふわふわ」にするくらいだし、そんな彼女の言葉は多種多様で、どこから飛びだしてきたのかもわからない比喩《ひゆ》すらある。

　たとえばこの前のボウリングのとき、疲れてうずくまっていた僕に対して言った、「セミのぬけがら族」という言葉。そして「ここまで出かかっている」と言いながら、自分の人差し指をさす独特の挙動。

　意識をとがらせて不破子さんの言葉をかえりみると、ほかにもたくさんの発見があった。不機嫌なときや理不尽な目にあったとき、不破子さんは必ずそれを「ポケットのなかでガムが溶けた」と表現する。「ムカつく」でも、「腹立つ」でもなく、「ポケットのなかでガムが溶けた」と言う。ちなみに不破子さんは、眠い朝の登校時に、ポケットのなかでガムを溶かすことが多い。

　ほかにも独特表現はある。

「ねえ、いま神様が添い寝をしてきたよ」

「それはどういう意味の造語？」

「すごいことに気づいたって意味。あのね、連続した二つの数字をひっくり返すと、どれも絶対に差が9になるの！　たとえば23と32。45と54。すごくないっ？」

「確かにそうだね。67と76。34と43。でも、誰かがもう気づいてるよ」

「これを9の法則と名付けよう！」

聞いちゃいなかった。

こんな風に、独特のセンスで物事を表現する彼女の言葉や挙動は、特に記憶に残りやすかった。普段の日常で記憶している情報のあれこれよりも、何十倍も濃く、脳に焼きつく。

ちなみに数ある独特表現のなかで、僕のお気に入りはこれだ。

「時輪くんとの時間は、炭酸時間だね」

「それはどういう意味？」

「きみとの時間は、炭酸の泡みたいに、あっという間に過ぎて消えちゃう」

クラスで見せる陽気な彼女はそこにはいない。だけど儚《はかな》げに、寂しげに、横にいる彼女も魅力的だった。誰にもはきっと見せないその表情が、何よりも魅力的だった。

僕はこれからもそうやって、彼女の魅力に気づいていく。はずだった。


彼女の転校を聞いたのは、クラスの全員が教師の口から知らされる前日のことだった。

不破子さんの口から直接聞けたことが彼氏である僕の特権だったが、みんなが知らされる前日というタイミングが、なんだか微妙な距離を感じさせた。

「ど、どうしていきなり？」

「親の仕事の都合上ね、どうしても転勤が多いの。高校二年だし、一人暮らしさせてくれるかなって思ったけど、お母さんたちは、もうちょっとついてきてほしいみたい」

娘をひとりにするのはまだ不安だという両親。だから不破子さんはついていく。引っ越し先を聞いた。県をひとつまたいだ先の地域だった。新幹線なら一時間半、普通の列車でも頑張れば三時間ほどの距離。口で言えば短そうに聞こえるし、何度でも会えそうな距離だが、それは同時に、高校生の活動資金を度外視した意見でもある。

ベンチの横に座る不破子さんは、不機嫌そうに、どこか申し訳なさそうに、だけど一番は、さびしそうな顔をしていた。彼女風に言うなら、ポケットのなかで溶けたガムが、友達にもらった誕生日プレゼントだったみたいな表情だ。

「ごめん。昔から引っ越しが多かったの。これもわたしと付き合う条件に、入れておけばよかった？」

「関係ない。きみに声をかけてもらえて、僕はうれしかった。きみに興味を持ってもらえた自分が、誇らしかった」

流れで僕たちは昔話をした。昔といっても、たった四カ月前だ。そう、不破子さんが転校してきたのはそれくらい短い前で、僕たちの日々にあっという間に過ぎてきた。

「時輪くんの瞬間記憶の力に、興味があったの。最初はそれがきっかけ。正直ね、あんまり恋心はなかった。興味と期待だけで近づいたから。でも、一緒にいるうちに、時輪くんの不器用で、やさしいところに魅かれたよ」

不破子さんは言う。

「わたしのことを一番覚えているのはわたしだけど、その次に覚えていてくれるのは、きっと時輪くんなのかな」

「みんな忘れない。忘れるものか」

正直、不思議だった。

太陽みたいに明るくて、クラスの中心でその明かりをみんなに届けるような存在の彼女が、誰かに覚えてもらえないことに怯えるその気持ちが。覚えてもらえない、記憶してもらえない恐怖は、どちらかといえば、日陰《ひかげ》にいる僕のような人間が抱く感情だと思っていた。出会ってからずっと、彼女は自分の存在を覚えてもらうことに強い意識を抱いている。一番近くにいたから、気づいている。不破子さんは自分の存在を記憶してもらいたいと願うのと同時に、どうせ無理だとあきらめてもいる。

ならば。

ならば僕が。

覚えることしか、とりえのないこの僕が。

不破子さんを支えよう。

「よくわからないけど、きみは誰かに自分を覚えていてもらいたいから、記憶力のある僕に興味を持ったんだろう？　だったら、期待に応えたい。恋人として、願いを叶えてあげたい。大丈夫、忘れない。みんな忘れない。どうやって不破子さんを忘れられるんだ」

不破子さんが笑う。少しだけ、リラックスしたようだった。こわばり、うずくまりかけた彼女の体が起きる。これでセミのぬけがら族から脱退だ。

「わかった。わたし、時輪くんを信じてみたい」

彼女は言って、メモを取りだした。

「書いたはいいけど、本当は渡すつもりはなかったの。けど、やっぱり信じてみることにする。時輪くん、いまからわたしはある告白をします」

渡されたメモ用紙には、住所が書かれていた。彼女の引っ越し先の住所だとわかった。

僕はメモから顔をあげて、彼女の言葉を聞く。

「長い時間会っていないと、人って他人のことを忘れるものでしょ。幼稚園の同じ組の子の名前とか、その子の好きな食べ物とか。一緒に遊んだこととか」

「普通にね。だけど僕は覚えている」

「時輪くんと同じで、わたしも普通じゃないの」

　彼女は続ける。

「引っ越しをし続けたせいかな、わたしはいつの間にか、極端にひとの記憶に残りにくい体質になったの」

「体質？　どういうこと？」

「わたしが転校したあと、クラスのひとの様子を見ていて。それですぐに、意味がわかると思う」

　クラスのみんなの様子を見ていろと彼女は言う。それはつまり、三年生になって卒業するころには不破子さんに関する記憶がみんな薄れているという意味だろうか。そんなこと、あるだろうか。

「時輪くん、きみの言ったこと、信じてみる。普通とは少し違う、はみだしもののわたしを覚えていてくれるのは、同じはみだしものの時輪くんだと思ってる」

　はみだしもの。

　僕には瞬間記憶という、唯一のよりどころがある。自信のように自分の力を誇ってきたけど、実はまわりからみれば、彼女の言ったとおり、僕は単に「はみだしている」だけの人間なのかもしれない。

そして、彼女も。

「三カ月にしよう。三カ月が経《た》ったら、わたしに会いにきて。いつでもいい、その住所をたどって、覚えていると証明して」

お願い。

と、不破子さんはか細く言って、僕の手を握ってきた。

懇願するように。祈るように。

強く、強く、握ってきた。


一カ月後、約束通り不破子さんは転校していった。僕は帰りの電車の見送りについていった。

ベンチに腰掛け、何もしゃべらずに時間が過ぎる。気づけば彼女が乗るはずの電車の時刻がやってきていた。あっという間の、炭酸時間だった。

電車の発車間際、お互いの体が近づいて、一瞬だけ、キスをするような雰囲気になった。まわりを通り過ぎる乗客の何人かが気になって、僕はキスに踏みだせなかった。不破子さんは可笑《おか》しそうに笑った。

「待ってる」

彼女が言うと同時、電車のドアがしまった。

去っていく電車を眺めながら、僕は不破子さんから渡されたメモが、しまっておいた定期入れのなかにちゃんとあるかを確認した。本当は初めて渡された瞬間から、一度たりとも忘れていない住所だったけど、そのメモだけは、なくさずにとっておこうと思った。

次に会ったとき。

ちゃんと迎えにきたという証《あかし》として、彼女に返すために。

3

暇さえあれば僕に輪ゴムをびしびしと当ててきた吉田くんがやさしくなった。朝の挨拶《あいさつ》では、必ず肩に手を置きながら声をかけてくれるようになった。

「だってお前、ふわふわさんと別れたんだろ」

「別れてないよ。今度、彼女の家にも遊びに行く予定だよ。三カ月後だけど」

「本当か？　向こうでお前に隠れて恋人をつくってるとかは？　さびしさに負けてお前以上に魅力的なやつを探してる可能性は？」

「彼女を信じてる」

授業中、彼は再び僕に輪ゴムを当ててくるようになった。輪ゴムを弓の弦みたいにして、消しカスを射出してくることもあった。嫌がらせに磨きがかかっていた。

とはいえ、向こうで不破子さんが僕よりも魅力的な男性を探す確率。愛想をつかし、そいつと付き合う確率。ない、とは言い切れない。信じているのも事実だが、さびしいと思ってくれるのもきっと本当だ。その挙句、僕よりも魅力的なひとを見つけてしまったら？

自分に自信がないわけではない。彼女に認められた部分を誇りに思っている。不破子さんと話すようになってから、ほかのクラスの女子とも緊張せず普通に話せるようにだってなった。

自分に自信がないわけではない。一週間経ったいまでも、定期入れのなかには、彼女の残したメモがある。不破子さんとのつながり、絆《きずな》だと僕は思っている。

自分に自信がないわけではない。

だけど一応、メールをしてみよう。

転校していったあの日から、不破子さんから一度もメールや電話をもらっていない。近況はおろか、向こうに着いたという報告すらない。だからそう、一応、安否確認も含めて。

正直、男としてかなり我慢したほうじゃないだろうか、一週間というのは。

『元気？　そっちはどう？』

　授業の半分の時間を使い、いろいろ言いたいなかでその二言にまとめた。送信する。五分もしないうちに返信がきて、飛び跳ねる。比喩ではなく本当に椅子《いす》から立ったせいで、教師に見つかって携帯を没収された。不破子さんからのメールがきているのに、目と鼻の先に携帯があるのに、僕はそれを読むことができなかった。

　もどかしい時間が過ぎて、昼休みになる。教室を飛びだし、職員室に駆ける。こんなに嬉しそうに職員室にくる生徒もめずらしいと、教師に呆《あき》れられた。放課後まで待てないと懇願し、携帯を返してもらう。教室に戻りながらメールを確認する。

『元気であります。登校時の坂がつらくて、ポケットのなかで毎日ガムを溶かしてる』

　あはは、と声がでる。不破子さんは、向こうでも不破子さんだ。

　急いで返信する。

『教師にとりあげられて、返信おくれました。不覚。元気そうでうれしい』

　教室に戻る。ドアを開けたさきから吉田くんの消しカス投石がやってくるが、片手でいなす。席につくと同時、返信。

『愛しています。きみに会いたい』

「なっ！」

声がでる。ついた席からまた立って、イスを蹴飛ばす。みんなからの注目をあび、正気に戻って座る。

ダイレクトな愛の言葉だ。そうなのか。最近の女子はそうなのか。それとも不破子さんだけなのか。迷っているうちに、次のメールがきた。

『いまの違う！　友達が勝手に打ったやつだから！』

今回のメールに文面の次に画像も添付されていた。恥ずかしがってカメラ目線になっていない不破子さんと周囲に二人の女子。どちらも快活そうな子で、ひとりはノートを持ちながら『彼氏さんごめんなさい』のカンペ文字。

楽しそうでよかった。別に心配していたわけではないけど、不破子さんは向こうでもうまくやっていた。

画像が送られてきたのもあり、こっちも何か送り返したくなる。ただ僕に自撮りの趣味はない。僕ひとりの画像を送りつけて相手を喜ばせようという生意気な気持ちもない。

少しだけ勇気を振り絞って、僕は昼食中の女子たちのもとへと向かった。彼女たちは特に不破子さんと仲良くしていたグループだ。彼女たちの画像を送ってあげれば、きっと不破子さんも喜んでくれると思った。

「なに、時輪《ときわ》くん」

グループのひとりが気づき、話しかける前に話しかけられた。西山さんだ。もう、顔と名前も一致している。

僕は事情を説明した。説明を終えるころには全員が乗り気でいた。

「やろうやろう、撮ろう撮ろう！」

本当は僕自身は撮影役に徹するはずだったが、女子たちに捕まり、取り囲まれた。ハーレム風にしよう、からかってやろう、と女子たちが勝手に盛りあがる。日常の風景を切り取って、自然な様子の彼女たちを撮ろうとした僕の考えは却下された。

おかしなことが起きたのは、撮影する直前だった。僕の携帯で撮ろうとしていた撮影者の女子がこう言った。

「ところで不破子さんって、誰だっけ？」

「……え？」

ぽかんと、全員の口が開く。はあ？　と呆れる者も。西山さんが、「何言ってんの、ふわふわちゃんだよ」と説明する。数秒の間が空いて、ぱっと思い出したように女子の顔が輝いた。

「ああそっか、ふわふわちゃんだ！　そう、ふわふわちゃん！　不破子さん。あぶな、うち、一瞬忘れてたよ」

ただのド忘れ。僕も含め、周囲はそう解釈した。その女子へのいじりが一段落して、ようやく撮影が終わる。僕は恥ずかしくて向けられたレンズを直視できなかった。僕がメールを送ろうとしたら、西山さんに文面を打たせてと言われ、奪われる。なるほど、こんな風に不破子さんも携帯の主導権を奪われていったのか。

『みんな、時輪くんにメロメロです』

ちょっと待て！　急いで止めようとしたが、西山さんは舌をだして送信済みの画面をよこしてくる。グループたちは遊びに満足したように、自分たちの席に帰っていく。

案の定、不破子さんのメールはなかなか返ってこなかった。不安になる。ふざけすぎたか。冗談だと伝わっただろうか。

昼休みの終わりになって返信があった。

メールを見て、今度こそ、静かに喜んだ。

『さっきの文面は友達が勝手に送ったものだけど、嘘《うそ》ではないです』

結局、僕はそのメールに返信はしなかった。会いたいというのは嘘じゃない。

「なら、会わないか？」

そんなメッセージを送ってしまいそうだったからだ。

不破子さんの不安はちゃんと覚えている。彼女は、三カ月後と日時を指定してきた。その時期に、僕と会うことを望んでいる。なら、野暮なメールは送りたくない。

僕は彼女に渡された住所のメモに、再会する予定の日時を書き加えた。本当は書かなくても覚えていられる。だからそこに記憶の意味はない。決意表明だ。絶対に向かうという意思だ。

さらに一週間が経ったところで、吉田くんが消しカスを飛ばさなくなった。輪ゴムでびしびしと攻撃することもなく、それどころか、彼が突然謝ってきた。

「なんかごめん。ここのところずっと攻撃していて」

「え？　あ、いや、どうしたのいきなり」

「おれ、どうしてお前をあんなに憎いと思ってたんだろう」

言いながら、ぽりぽりと頭をかく吉田くん。本当に心当たりがないみたいで、彼の頭が心配になった。

「そりゃあ吉田くんは、僕と不破子さんとの関係が気に食わなかったからじゃ……」

「不破子さん？　って誰？」

「ふわふわさんだよ」

「…………誰？」

微妙な空気が流れる。演技でもなさそうだった。彼は本気でわからないという顔をしていた。わけがわからないと言ってくるが、それはこちらのセリフだった。

「不破子さんだよ。遠藤不破子さん。五カ月前転校してきて、先々週、また転校していっただろ」

「そんなひと、クラスにはいないだろ。なんだその忙しいやつは」

「いただろ。ふざけないでくれ！」

叫んでしまった。吉田くんが不審げな目を向けてくる。「お前、どうしたんだよ……」と、僕を心配すらしてくる。どうしてだ、僕は悪くない。どこもおかしくない。なぜ吉田くんは、不破子さんを最初からいなかったみたいな記憶の仕方をしているのだ。

僕と吉田くんの騒ぎに気づき、西山さんがやってきた。

「どうしたの？」

僕は彼女にすがる。西山さんは女子のなかでも、特に不破子さんと話していた仲だ。

「ふわふわさんを覚えているだろう？　遠藤不破子さんは、ここにいただろう？」

「え、何言ってるの、時輪くん」

ごくりと、自分の唾《つば》を飲みこむ音が聞こえた。近くでは吉田くんも会話を聞いている。

誰がおかしいのか、何がおかしいのか。西山さんは応える。

「いたに決まってるじゃない。当たり前のこと訊かないでよ。あんな子を、どうして忘れるの」

安堵《あんど》した。西山さんを抱きしめたくなった。

吉田くんはぽかんとしたままだった。本当にいたか？　といまだに認め切れていない様子だ。

「こいつ、いまちょっとおかしいんだ」僕は西山さんに向かって、吉田くんのことを笑ってやる。安心していたのもつかのまで、西山さんは次にこんなことを言ってきた。

「あれ、でも、どんな声をしていたっけ？　おかしいな。あたし、女子のなかじゃあの子と一番よく話してたのに」


胸がざわつく。焦りと、不安と、いろんなものが混じって、不快な気分。

こうなれば、なりふりかまっていられなかった。数日をかけて、僕はクラス中に不破子さんの存在証明を確かめにいった。陸上部で、男性版の不破子さんともいえる安井くんにも訊いてみた。

「覚えているよ。そういえば、いたよな、ふわふわさん」

そういえば？

そんな程度の記憶でおさまるような不破子さんではなかったはずだ。

この違和感はなんだ。みんなのなかで、不破子さんの印象が薄くなっているような気がする。吉田くんにいたってはいなかったことにすらしている。

さらに聞きこみしていった。覚えているよね、不破子さん。ここにいたよな、ふわふわさん。いただろう、遠藤不破子さん。クラスの花。みんなの話題にいた、あの女の子を。太陽みたいに輝いていた、まぶしかった彼女を。

結果を集計して、がくぜんとした。

完全に覚えているものは、誰もいなかった。

クラスの三十人中、彼女がいたことを確かに覚えていたのは、僕を含めてたったの三人だった。言われてようやく思い出したのが十五人。言われても、何を説明しても思い出せないものが十二人。この異常な数字はなんだ。この異常な事態はなんだ。いますぐ彼女にメールを送りたかった。送る前に、彼女の言葉を思い出した。

『引っ越しをし続けたせいかな、わたしはいつの間にか、極端にひとの記憶に残りにくい体質になったの』

『わたしが転校したあと、クラスのひとの様子を見ていて。それですぐに、意味がわかると思う』

まさかと疑う。あの言葉は、何かの比喩なのだと考えていた。そうではないのか。言葉の通りの意味なのか。

今回の調査で、一番ショックだったことがある。あらためて、西山さんに聞いたときのことだった。

「不破子さん、って、ごめん。誰だっけ？」

てへっ、と軽く申し訳なさそうに、舌をだす。冗談のような仕草だったけど、冗談を言っているわけではなかった。みんなが、不破子さんを忘れていく。

忘失現象はとまらなかった。

転校から一カ月が経って、とうとう担任教師が不破子さんを忘れた。

「遠藤不破子？　そんな女子、転入させてないだろ」

「過去の名簿を見てください。お願いします」

僕がしつこく食い下がり、仕方ないという風に、担任教師は確認してくれた。そして名簿を確認し、驚きの表情を見せる。

「まいったな、本当にいたのか？　受け入れていたか？　おれは教師だぞ、自分のクラスの生徒くらい覚えているはずなのに……」

この教師が何か行動を起こしてくれたらと思った。

転入の事実が確かにある生徒。転校していった記録が確かに残っている生徒のことを、放っておくことはないだろうと思った。職員会議で、こういう女子生徒がいたことを覚えていますか？　とこの担任が議題にあげる。誰の記憶にも残っていない。これはおかしいと、行動を起こしてくれないかと願っていた。結果、返ってきた言葉は。

「ま、いいか。うっかりしていた」

僕を失望させるものだった。別に担任教師に限ったことではない。

不破子さんを忘れていったひとたちは、みんな、「忘れていたこと」に関しても無関心でいる。だから深く掘り下げようとしない。誰も不審に思おうとしない。いまの担任教師みたいに、まあいいか、で済まして、すぐにまた忘れる。思い出したくない嫌な記憶でもないのに、遠藤不破子に関する思い出はすべて、記憶の泥沼に沈んでいく。

ユニークな発言。目が離せない挙動。

明るい笑顔。楽しげな表情。幸せでしょうがないみたいにはしゃいでいた彼女。みんなの中心にいた遠藤不破子という女子生徒。あれだけ強烈な彼女のことを、みんなが忘れていく。きれいさっぱり。黒板消しで掃除されたチョークの絵みたいに。

みんながきみを忘れていく。とたんに孤独な気分になる。彼女を支えるべきなのに、彼女に助けを求めようとしている自分を恥じた。何度もメールを打とうとしては、我に返り、それを消した。

職員室を後にする直前、担任に訊かれた。

「ところで時輪。明日の歴史の授業、前はどこまでやっていたっけか。忘れてしまって」

「五十八ページの二項目まで終わってましたよ」

「ああ、そうか！　ありがとう。やっぱり時輪に訊くにかぎるな」

瞬間記憶の力で。唯一のとりえで。僕はきみを、覚え続けていてみせる。

大丈夫、忘れたりしない。


不破子さんとメールでやり取りをした。これまでで一番長いやり取りをした。話題は彼女の忘失現象についてだった。

僕は何と戦わなければいけないのか。得体のしれないそれの正体を、完全に把握するまではいかなくても、ある程度は知っておきたかった。たとえばこの忘失現象は彼女が持っている力なのか。もしくは呪いなのか。

『前も言ったけど、いつの間にかみんながわたしを忘れるようになったの。引っ越しをし続けていて、同じ場所にとどまることがあまりなかったのが、原因なのかなって』

『きみは体質だって言ってた。けど、聞いたことない。病の類なのかな』

『わたしは運命だったって思ってる。誰のせいでもなくて、世界のバランスのために、こういう体質を持つひとがいなくちゃいけなかったって』

『わからない。納得できない。誰のせいにもできないなら、きみが報われない。何と戦えばいいのかもわからないなんて』

『わたしはそこまで落ち込んでいないよ。それにね、時輪くん。世の中には理解のできない不思議なことが、きっともっとたくさん起こってる。そういうものにどうしても理由をつけたくて、ひとは幽霊や妖怪、神様なんかを使うのかもね。時輪くんの言うように、誰かのせいにしたいから』

　理解のできない現象を、未知のもののせいだと押しつける。ならばしょうがない、と自分が納得するために。それ以上、深追いをしないために。不破子さんは、自分の体質は世界のバランスのためだと答えた。そう割り切った。だけどその答えは、あまりにも達観しすぎている。そんな彼女を、救ってあげたい。自分を客観的に、冷たく見ないでも済むように、僕が支えてあげたい。

転校してから二カ月が経って、とうとうこの学校に彼女を覚えている人間は、僕をのぞき、ひとりもいなくなった。

4

休日。寝坊すると、メールが届いていた。というより、メールの受信音に起こされた。いつの間に、マナーモードを切っていたのだろうか。授業中に鳴っていたらどうしようと、戦々恐々する。

『わたしのこと。まだ、覚えていますか？』

相手の名前には、遠藤不破子とある。遠藤。中学時代、小学校時代までの同級生の名前を思い出してみる。遠藤という苗字を持っているやつは二人いたが、不破子という名前ではなかったし、そもそもその二人とアドレスを交換した記憶もない。学校に限らず、知り合いの遠藤を探してみるが、誰にも不破子という名前とは合致しなかった。

間違いメールかと思い、返信に悩んだが、そのまま消した。過去のメールリストをたどると、この遠藤不破子さんというひとから何通もメールがきていたことがわかった。こんなに間違いメールを送ってくるものかと疑った。きっと詐欺《さぎ》のメールか何かだと最終的に判断し、すべて消した。すべて消したあとに、自分がとんでもないことをしていたと、ようやく気づいた。

「不破子さん！」

どうして忘れていた。

どうして忘れることができていた。

携帯のマナーモードを外していたのは、いつでも彼女のメッセージの受信に気づけるようにするためだった。返信するどころか僕は消してしまうなんて。

急いで新規でメールを作成。返信を繰り返し、積み重ねていたはずの「ＲＥ」の文字も途切れてしまった。補うために、必死に言葉で補強する。

『大丈夫、きみをちゃんと覚えている。あと二週間で、会いにいく。迎えにいく』

勢いで迎えにいくと打ったが、そのまま送信した。孤独から助けだし、迎えに連れだすという意味では、間違っていない。そう、僕は覚えていなくちゃいけないんだ。僕だけは、忘れちゃいけないんだ。彼女を助けたい。

人生で初めてだった。

記憶がこぼれた感覚。

思い出せず、悩んだ感情。

みんな、何かを思い出すとき、こんなに焦るものなのか。こんなに不安で、もどかしい思いをするのか。霧のなかで必死に探し、つかんだそれも、本当に正しいものなのか実感がわかない。思い出すというのが、こんなに体力を使うことだとは知らなかった。

結局、その一日待っても不破子さんからの返信はなかった。途切れた「RE」に、きっと気づいたのだ。

壁に拳《こぶし》をうちつける。何度も、何度も、拳をうつ。この痛みを忘れないために。傷として残して、覚えておくために。


約束の日まで、残り一週間となった。僕は自分が目につく至る場所に、彼女の手がかりを書き記した。机やノート、教科書に彼女の名前をフルネームで書いた。『遠藤不破子』。彼女を忘れるな。書いているところを吉田くんに見つかり、気味悪がられた。

「いくら彼女ができないからって、空想や二次元で済ますなよ」

「うるさい。ほっといてくれ」

それでも書き続ける僕に、吉田くんは輪ゴムを飛ばしてきた。彼はいったい、いくつ輪ゴムを持っているのか。

「やめてくれ」

「お前の目を覚まさせてやろうかと思って」

そう言って次の輪ゴムを取りだし、僕に向けた瞬間、吉田くんの動きがとまる。何かの記憶がよぎったみたいに見えた。まさか、思い出したのだろうか。前にもこうして僕に輪ゴムを飛ばしていた理由を。

吉田くんは我に返ったように、再び僕に狙いをすまし、輪ゴムを飛ばしてきた。彼が思い出さないかと気をとられたせいで、顔面にもろに食らってしまった。

携帯を見る。彼女からのメールはこない。


前日は念入りに準備した。荷物は、普段は絶対に使わないようなカバンを押し入れからだしてきて、そこに詰めた。脳にインパクトを与えるためだ。起きて目の前にある壁に、メモと買っておいた新幹線のチケットも貼りつけておいた。

起きて万が一、記憶が欠損していても、すぐに修復できる位置に手がかりを残しておく。

ここ数週間、ずっとその方法で乗り切ってきた。たとえば瞬間記憶の力を持っていないまわりのひとたちは、こうやってテスト勉強をしてきたのかなと、ちょっと想像した。

だけどこの方法も限界だ。いつまでも、もつわけじゃない。

だからこそ不破子さんに会いに行く。明日、会って、確かめる。

彼女の顔を、声を、仕草を、匂いを、言葉を聞けば、きっとぜんぶ、思い出すはずだ。ぜんぶ、元通りになるはずだ。

忘失の影響は、いよいよ僕にも強くなっている。かろうじて彼女の顔を思い描ける程度だった。付き合っていたとき、どこへデートに行ったのか。どんな話をしたのか。もう断片もないくらいだ。

だけど大事なひとだという、その意思だけはこぼれることはない。僕は彼女に会わなくちゃいけない。過去の自分がずっとそうやって訴えてきているのだから、いまの自分はそれに応えないといけない。

「不破子さん」

呼んだときの舌触りに、どこか懐かしさを感じる。一緒に座っていたベンチの記憶が、かすかに匂いとともにただよってくる。ああ、彼女の笑顔が見たい。声が聞きたい。静かに話をして、そしてできれば触れ合ってみたい。そこにいるのだと、確かめたい。ちゃんと来たのだと、喜ばせてあげたい。

誰にでも、二度とは思い出したくない失敗や絶望の記憶はきっとあって。だけど同時に、これだけは忘れておきたくない大切な思い出も、やっぱり存在する。

明日がどうか、大切な思い出を残す日になればいい。

5

朝起きて、見慣れないカバンがあった。押し入れにしまっておいたはずのものだったが、どうしてこんなところにあるのだろう。

目の前の壁に貼りつけてあるメモと新幹線のチケットを見て、おや、と記憶が刺激される。新幹線のチケットの日付は今日になっている。メモには住所と日付、それから『遠藤不破子』という文字。

自分の記憶がおかしくなっていることはわかっていた。何か大事なものをこぼしているのだと。新幹線のチケットの時刻は迫っている。急いで準備にとりかかろうとベッドをでると、すでに床に着替えが用意されていた。それでようやく、遠藤不破子さんを思い出した。

家をでて、駅へ走る。カバンをかつぎ、親にも、誰にも行き先を言わずに駆ける。わずかに残った記憶を、脳という器からこぼさないように、そうっと。

不破子さん。きみに会えれば、僕はきっと。

在来線で東京駅まで。そこから新幹線で、目的の地へ。不破子さん、不破子さん、と何度も唱える。

車内販売の弁当で英気をやしなう。途中で見えた富士山に心が躍って、不破子さんがどこかへ行く。あわてて手元に戻し、唱え続ける。まるで彼女が神様みたいに、「愛したい」が、「愛さなくちゃいけない」みたいに思えてくる自分が嫌だった。愛は義務になったとき、とたんに腐敗をはじめる。

駅について、さらに違う電車で地元の駅へ。朝にでて、ようやく見知らぬ土地に降り立ったのは、昼の三時過ぎだった。

僕のいる町に比べて、車や人通りが少なかった。活気あふれるビルも、商店街もない。季節は十二月で、冬の風が特に存在感を見せつけてくる。歩いているうちに寒くなって、途中に見えた喫茶店がどうしても魅力的に見えてしまった。

立ち止まり、考える。

目的の場所をいち早くめざしたい。でもそれが、どれだけ大事なことなのかも、いまの僕にとってはあいまいだ。

　忘れちゃいけないのはわかっている。だけど寒くて、体が冷える。温かいコーヒーが飲みたい。店員さんにメモの住所の場所を訊いてみよう。手がかりにもつながるし、暖《だん》もとれる。

　入店し、窓ぎわの席に座る。メモをわかりやすく、テーブルのうえに置いておく。

　コーヒーがきて、温まる。そなえつけの角砂糖とミルクは使わない。

　何か店員に訊かないといけないことがある気がして、それが思い出せない。思い出せないという経験が自分にあるのかと驚く。

　そのときだった。

「時輪くん？」

　声をかけられた。

　知らない土地で、自分の名前を呼ばれた。

　見上げると、女性が立っていた。

　くるりとまいた茶髪に、大きな瞳。守ってあげたくなるような、それでいて幼くは見えない、絶妙な身長。

　アイドルとモデルの境目にいるような雰囲気。着ている白いセーターは、彼女の性格を反映しているみたいに、やわらかくて、ふわふわで。

「来て、くれたんだ」

彼女が涙ぐむ。僕の向かいの席に腰をおろし、見つめてくる。伸びた手が、僕の手に触れてくる。

「覚えてくれていないと思ってた」

彼女は言う。

「こう言ったら時輪くんに怒られるかもしれないけど、正直ね、もうあきらめてたの。わたし、また独りなんだって。誰にも覚えられない人生を送っていくんだって。でも、きてくれた。時輪くんがきてくれた。大好きな時輪くんがきてくれた。ありがとう。うれしい。本当に、うれしい」

肩をふるわせ、感情が高ぶっているのがわかった。

「あの」

「うん！」

「すみませんが、どこかでお会いしましたか？」

ひょっとしたら同級生、同学年のひとだったかもしれない。だとしたら敬語はおかしかっただろうか。

だけど、彼女を思い出せない。思い出せないのは、瞬間記憶の力を持っている僕にとってはおかしいはずだったが、それでも事実は事実だった。

彼女の顔色が変わる。

涙がとまり、表情が固まる。目が生気を失い、うつむく。いまの僕の言葉が、このひとを決定的に傷つけたのだとわかった。どうしてかわからないのに、自分が悪いのかどうかも不鮮明なのに、申し訳ない気持ちでいっぱいになる。

彼女は僕に伸ばしていた手をひっこめて、そのまま拳をつくって、震わせた。拳のなかにはメモ用紙があって、ぐしゃぐしゃになっていた。メモ用紙。何が書かれていたのだろう。いつの間に、メモ用紙などあったのだろうか。

ぽつりと、彼女がつぶやく。

「ごめんなさい。ひと違いみたいでした。すみませんでした」

そのまま立ちあがり、近くの自分の席へと戻っていく。からになったコーヒーカップののったお盆を返却口まで返し、早足に店をでていった。彼女のお盆には、角砂糖もミルクもすべて使われていた形跡があった。きっと、相当の甘党なのだろう。

去っていく背中を見つめながら、僕もコーヒーを飲みほす。ただ帰してしまうのは、惜しいひとだと思ってしまった。普通に可愛くて、でもどこか近づきやすい雰囲気の子で。

嘘でもいいから、知り合いのフリをしておけばよかったかな、と少し後悔する。名前はなんというのだろう。そういえば、僕はどうしてこんなところにいるのだろうか。

「まあいいか」

帰ろう。

帰りの電車と時刻、それから料金を調べた。新幹線の切符も片道分しか買っていない。自分の貯金と照らし合わせて、ギリギリだということに気づく。

「うげ……」

コンビニで必要分を下ろし、そこからさらに手数料を引かれて残高が二桁《けた》になる。危なかった。本当に、帰れなくなるところだった。

焦りながら、改札口を抜ける。夕方の帰宅ラッシュにあたったのか、大勢が降りてきて、いろんなひとと肩がぶつかる。

自分がどうしてこんなところにいるのか、どうして貯金をぜんぶ下ろしてまできたのか、なぜ見知らぬひとたちに肩を当てられながら帰らなくちゃいけないのか。考えていると、ポケットのなかでガムが溶けたみたいな気分になった。どんな気分だ。

電車に乗り込んで、ＡＴＭで受け取った明細書を見る。残高は四十五円。絶望的だ。45という数字をいくら睨んでも、貯金は増えてくれない。気づいたことといえば、連続した数字をひっくり返すと、どれも差が９になるということくらい。45と54。ほかの連続した数字でも同じだ。そうだな、９の法則と名付けよう。もうすでに、誰かが名付けている気がする。

席が空いていたので座る。目の前の中学生くらいの男子が、うずくまるようにしてゲーム機に熱中している。セミのぬけがら族だ。

「……あれ？」

どうして僕はいま、そんな表現をしたのだろう。

セミのぬけがら族。どちらかといえば特殊で、すぐには思いつかなそうな表現だった。少なくとも、僕の頭の固さで、そんな言葉が生まれたのが不思議だった。ポケットのなかのガムや、９の法則にしてもそう。たかが数字遊びにすぎないけど、勝手に「９の法則」が名前だと決めつけていた。その根拠は、どこからやってきたのだろう。どの記憶から、引っ張ってきたものなのだろう。誰かがそんなことを、言っていなかっただろうか？

思い出せない。

思い出そうとすると、距離がひらく。

霧のなか、やみくもに手を伸ばし、道をさぐっていく感覚。

そう、考えていれば、あと少しで思い出せそうな。

「ここまで出かかっているのになぁ」

僕は自分の人差し指をさす。そんな自分の行動が、またおかしなものに見える。普通は頭をさすはずなのに、僕は指なんかをさしてしまっている。

ちらりと、誰かの影がよぎったような気がした。

ぜんぶの挙動が、言葉が、僕の生みだしたものなんかじゃなくて、誰かをマネしているものなんじゃないかという予感。

それはいったい誰だろう。僕は誰を見ていたんだろう。

ふと視線を向けた先、ななめ前で吊り革を握っている男女のカップルが、ぬいぐるみをもてあそんでいた。天然パーマの黒髪の女の子で、僕はほかにも、パーマの女子の知り合いがいたような気がしていた。

会話の内容を聞いていると、ぬいぐるみはゲームセンターで取ってきたものらしかった。

「すごいね。ふわふわだね」女子のほうが言った。

ふわふわ。

その言葉に刺激されて、場面が蘇《よみがえ》る。脳に火花が散ったみたいに、何かのとっかかりを見つけたみたいに。

『ちなみにこのふわふわというあだ名は自分でつけました。自分の名前の×××と、女子のかわいさアピールをかけ合わせた、したたかなあだ名です』

これは誰の声だろう。顔は、どんなだっただろう。

誰かがいた。確かに教室にいた。

僕のクラスには、転校生がいた。

その子は。

彼女は。

「うわぁっ！」

ドア付近に立っていた親子のほうで悲鳴があがった。男の子の開けたジュースの缶から、泡があふれ出していた。どうやら炭酸のジュースを振ってしまったらしい。缶の口からあふれだす泡は、すぐに消えてなくなる。楽しい時間があっという間に過ぎるみたいに、それは名付けるなら、炭酸時間とでもいうような。

たとえば、とても大切にしたい記憶があって。

それは普通の記憶の引き出しなんかじゃなく、もっと大事な木箱にいれて保管していたとしたら。

僕はその木箱にかけたカギを、ずっとどこかに落としていた気がする。

そしていま、それを見つけて。

『わたしのことを一番覚えているのは、わたしだけ』

儚く笑った顔。

揺れる茶髪。

ベンチの横で、座っていた影。

僕の横にいたひと。

電車の速度が落ちて、次の駅に停《と》まるアナウンスが流れる。アナウンスの声にかき消されながら、僕はつぶやく。

「神様が添い寝をしてきたよ」

それは、驚くべきことに気づいた瞬間。

ようやくだった。

伸ばした手が、記憶をつかんだ。


電車が停まり、僕はホームへ飛びだす。急いで階段を駆けのぼり、隣のホームから出発する直前の電車にすべりこみ、元来たレールを戻っていく。

きみはいつだって、太陽みたいに明るくて。

だけどそれはきっと、みんなに覚えていてもらいたかったから。

きみは独特のセンスで物事を表現していて。

誰よりも、印象に残るための本能的な行動だったのかな、と、今では思う。

そんな彼女の仕草が、言葉が、いま、記憶をよみがえらせて。

僕は再び、彼女のもとへ向かう。

もう迷わない。

「なんだよ、もっと早く走れよ！」

電車はなかなかホームに戻らない。すごく遅く感じる。あっという間に過ぎる時間が炭酸時間なら、その逆を彼女はなんと表現するだろう。なかなか冷めないコーヒーに見立てて、珈琲《コーヒー》時間なんてどうだろうか。彼女は、笑ってくれるだろうか。

駅につく。同時に走る。転んで、起きあがる。まわりが驚き僕を見てくるが、関係ない。改札を抜ける。

駅前の地図を見る。この通りが何丁目。隣は何丁目。何番地。

覚えろ。覚えろ。すべて覚えろ。こんなときのための、瞬間記憶能力だろう。彼女のメモにあった住所と、場所を照らし合わせろ。

住所の近くの場所がわかり、道順を記憶する。

大丈夫、覚えている。地図もメモも、ぜんぶ頭に入っている。

通りを抜けて、角を曲がる。まだ先へ。その先へ。

知らない土地なのに、ぜんぶ知っているみたいな道で。

それはきっと、向こうに彼女が待っているからだと思う。

住宅街を抜ける。視線の先に、ゆっくり歩く人影があった。後ろ姿で、すぐにわかった。

三カ月経っても、その姿は変わっていない。

「不破子さん！」

叫ぶと、そのひとがとまった。

振り返ると、やっぱり彼女だった。

遠藤不破子さん。

僕の恋人。

ずっと、待ち合わせをしていたひと。

「約束通り、きたよ。迎えにきた」

息をきらせながら、言葉をこぼす。

顔をのぞくと、彼女の目元が赤くなっていた。泣いていたのだとわかった。僕の登場に、いまは驚いている。喜んでいるという風ではない。

泣かせてしまった。目の前にいたのに。喫茶店で、話していたのに。後悔ばかりがわく。でもいまは、はっきりきみをとらえている。

「ごめん。時間がかかった。ほんとうにごめん」

「いいの、時輪くん」

許しの言葉だと思った。

でも違った。

うつむく彼女を見て、それがわかった。

「わたしはやっぱり、独りだよ。しょうがないの。誰も悪くない。時輪くんは悪くない。だからもう……」

「誰も悪くないなら、不破子さんだって悪くない！」

だから、ぜんぶ背負いこむ必要だってない。

諦めてもほしくない。

そのために、ここにきた。

希望はあると、願いは届くと。

きみを救いたいと、ここにきた。

世界のバランスのせいで自分には体質が宿ったと、彼女は言う。

なら僕が思い出し、またきみを見つけたのも、やっぱり、世界のバランスだ。こうあるべきだと、世界が判断した。

「僕はきみを諦めたりしない」

「でも、時輪くん。またきみに忘れられるかもしれない。今日こられたのは、運が良かっただけなのかもしれない。そんなの嫌だ。耐えられない。わたしはもう、時輪くんに忘れられたくない！」

「努力するよ！　僕だって努力する！」

彼女がびくんと、肩を跳ねさせる。

「きみなんだ、僕に希望をくれたのは。独りよがりだった唯一のとりえが、ひとを支えられるものなのかもしれないって。僕みたいな『はみだしもの』でも、誰かに恋をしてもいいんだって、教えてくれたのはきみなんだ！」

不破子さんと目が合う。

その瞳から流れる涙が、今度は悲しみじゃなければいい。

近づいて、肩に触れる。

笑うと、彼女も笑みを浮かべた。お互いに照れて、隠し合い。

不破子さんが、僕にもたれてくる。

「ようやく会えた」

「……遅いよ。時輪くん」

「ごめん。でも不破子さん」

僕は言う。

「忘れたって、思い出せばいいんだよ。僕にはそれができる。たくさんの、大切な記憶がある。忘れてしまうなら、もっとたくさん、つくればいいんだ。新しい記憶を。大切な思い出を」

「大切な思い出を？　つくる？」

不破子さんは指で涙をぬぐう。その姿が愛《いと》おしくて、三カ月前、ホームで別れたあのときを思い出す。できなかった後悔を思い出す。

大切な記憶をつくるのだ。

どれだけ忘れてもいいように。

きみという形が、ちゃんと残るように。

そばにいるために。

お互いを、いつまでも覚えておけるように。

「今日はそのための一歩だ」

肩を抱いて、僕は彼女に唇をよせた。


これは僕が、大切な思い出として残しておきたいと思った、記憶の話。

そんな彼女を、一度は忘れてしまう話。

そして。

再び出会い、寄り添う形を見つけた話。

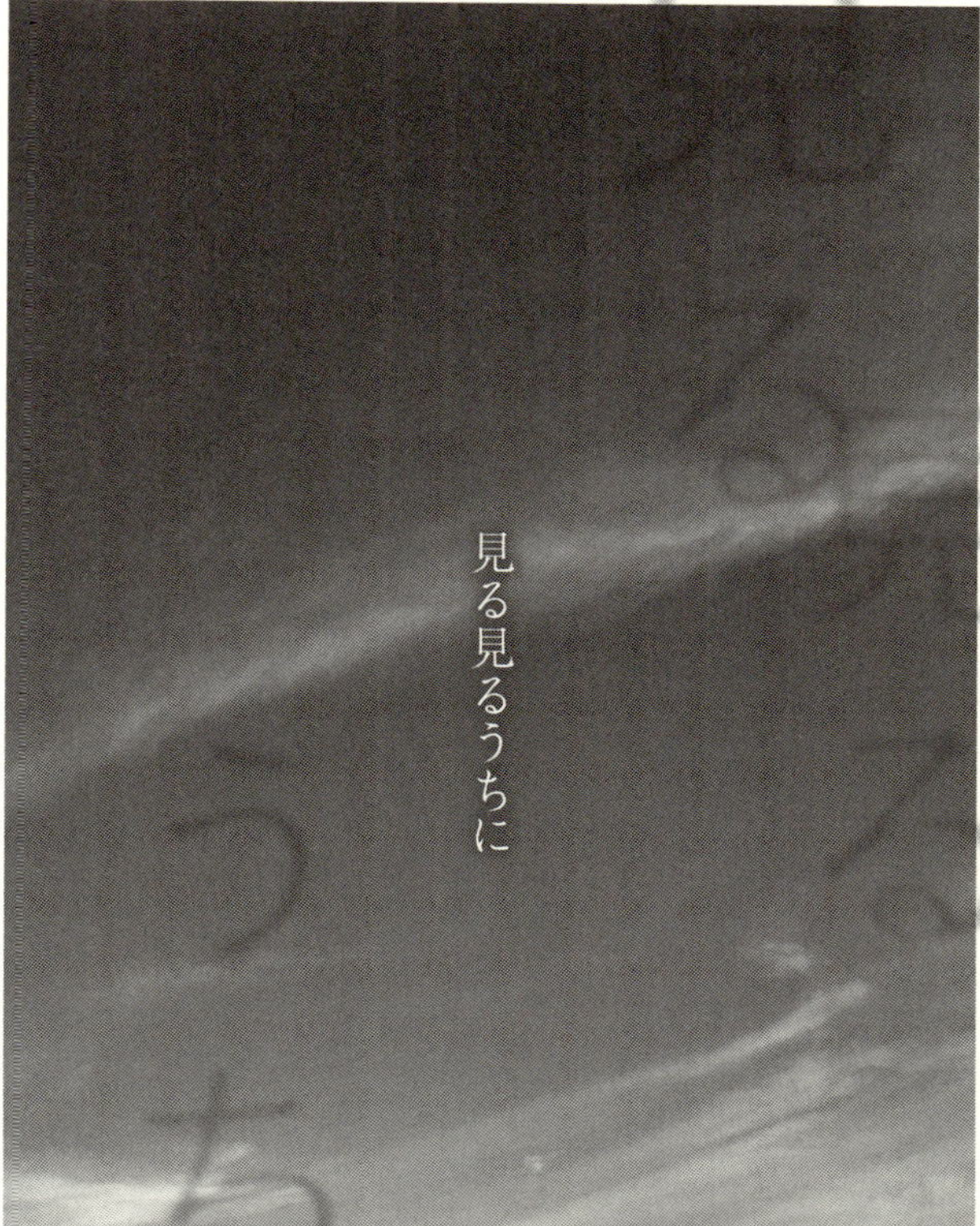

見る見るうちに

2.0

陰鬱《いんうつ》で明かりのない、影が友達みたいな中学時代のようにはもうなりたくないと、おれはまず、恋から手をだすことにした。

好きな子ができて、さっそく屋上に呼びだし告白をした。

「唯咲《ゆいさき》さん、おれはきみのことが好きです。付き合ってください！」

「本気ですか？」

「え？」

「本当に、私に、恋をしていますか？」

さぐるような目つきを向けてくる。半歩近づき、腰を下げて、おれの顔を見上げるような仕草。おれの顔というよりは、おれの目を見てきていた。まるでその角度が、もっとも相手をよく理解できる角度だといわんばかりに。

目を合わせるかわりに彼女の外見から目をそらす。風になびく黒髪は、ひとつの集合した生き物みたいに、統率のとれた揺れ方をしている。スカートも意思があるみたいに揺れていて、そのなかを決して見せまいと抵抗している。彼女の身にまとうものは、おれにとってはすべてが生々しくうつる。

緊張や嫌われる恐怖ももちろんあった。だけどここまで念を押されて確認されているということは、ひょっとしたら、気があるのではないか。教室で一度も話したことのない仲だけど、波長がなんとなくあって、唯咲さんもおれのことがクラスの男子のなかで一番気になっている存在だったとか。期待しても、いいんじゃないか。

「本当に好きなんだ。だから呼びだした。唯咲さん、おれと付き合おう」

「ごめんなさい死んでください」

死を宣告された。

調子に乗った瞬間、死を願われた。あまりのショックに息を吸うとき、口からひゅううう、と変な音がでた。

「告白の場所に屋上を選ぶとか、チープすぎです」

「一応、ロマンチックかなぁと」

「そもそも私、あなたのこと知りませんし」

「同じクラスなんだけど。名前は雨ノ埼《あまのさき》ゆづるで……」

「知りたくもない」

自己紹介をはじめる前に釘をさされた。だけど何かを話していないとフラれたショックでひざを落としそうになるので、話題をふりたかった。

「ち、ちなみに、おれのどういうところが付き合えない？」

「名前が嫌いです」

「いま教えたばかりだろ！」

「いま嫌いになったんです」

「名前に関してはおれの罪じゃない」

「親に名付けさせたあなたの罪です」

押し黙る。反論するよりも、折れかけたプライドを支えるほうに意識が向く。

告白に自信があったわけじゃない。おれと唯咲さんにはほとんど接点がなかったから。好かれる理由なんてなかったから。だけど同時に、嫌われる理由もなかったはずだ。ここまで嫌われている状況が、わからない。汚物を見るような視線を向けられている理由がわからない。正直にいえば、無理して避けられているような気さえしている。

「死ぬことができないなら、私に近づかないでください。以上解散」

唯咲さんはツカツカと、ヒールでもないのに上履きから音を鳴らして（心のなかで聞こえていただけかもしれない）屋上を去っていった。取り残されたのは、無様に同じクラスの女子にフラれた男子高校生の姿。

「……まあ、いいか」

おれにしては頑張ったほうだろう。


何かをやりきったことがおれにはなかった。中途半端ほど、自分に似合う言葉はない。幼稚園のとき、図工で園内の木を描いていたらほかの子に絵の具で邪魔をされた。「まあいいか」。おれは結局、絵を先生に提出しなかった。

小学校。夏休みの宿題はたいていい順調に進むけど、最後になったとき、先に終わった友達から遊びの誘いがくる。「まあいいか」。そう言って鉛筆を放り投げて外に駆けだし、宿題を終わらせられたことは一度もなかった。

中学校。文化祭の準備を途中で抜けだした。体育祭で本気になって走らなかった。クラスでは、「なんとなくボーっとしているやつ」になった。何かをやりきったことがなくて、これというものがおれにはなくて、自信のよりどころを失っていた。

きみは何がしたいの。どうしたかったの。目標は？　勝ちたいものは？　ゆずれないものは？　何も思いつかなかった。

思いつかなかったので、卒業文集はおれだけ明らかに少ない文字数になった。全員分が集まって眺めたとき、かなり浮いていたけど、感想は結局「まあいいか」だった。

まあ、よくない。

ようやくそう思えたのは、高校の入学式の前日だった。

同じ日々をもう繰り返したくない。物事を中途半端にする癖がすっかりついて、ストレスにぶち当たったとき、すぐに折れる。そんなやつには将来なりたくない。変わるならいまだ。いまならまだ、きっと間にあう。

そんなときに出会ったのが、彼女だった。

高校へは電車通学をすることになっていた。使ったことのない路線で緊張しながら、三本も早い電車に乗った。なんとか空いていた残りひとつの席に座り、いくつかの駅を過ぎたところで、乗車してきたのが彼女だった。

制服を見て、同じ高校の生徒であることにまず気づいた。彼女はまわりを見回していた。二度、三度とその動作を繰り返したところで、座る席を探しているのだとおれは理解した。

だが席は空いていない。おれが最後のひとつをふさいでしまったからだ。ほかの客もまた、座席と自分の尻を磁石に見立てているのに忙しくて立ちあがる気配はない。座れない乗客はドア付近の隅《すみ》を埋めるか、誰か立ちそうなひとにあたりをつけ、そいつの前で吊り革を握っている。

彼女も隅を埋める係にまわるのかと見ていたら、意外なことに、席の並ぶこちらの通路へと歩いてきた。ひょっとして吊り革族のほうになるつもりかと思っていたら、それも違った。浅はかなおれの想像力を、彼女は鮮やかに、やすやすと超えてみせた。

彼女は、席に座るひとりの男性の前に立つ。四十代くらいのサラリーマン。体は、こくり、こくりと一定のリズムをくずさず睡眠にふけっている。

彼女はその男性の肩を揺らしはじめた。すぐに起きる男性。不測の事態だったようで、わかりやすく動揺をみせる。こちらも思わず、観察の目を見張る。何をする気だろうか。

彼女は言った。

「あなた、どこの駅で降ります?」

「……え?」

おれの目も、え? となった。

「あ、ええと、新逗子《しんずし》駅です」

聞いたこともない駅名を、男性は答える。到着先はまだまだ遠いようだ。

「そうですか」

彼女はそこで男性との会話を断ち切って、なんの謝罪もなく次のひととの会話にうつる。

そう。次の隣の乗客との会話に。

「あなたはどこで降ります？」

相手は女性だった。年齢は三十代ほど。こちらは私服だ。手元の携帯電話に落としていた視線を、彼女は躊躇《ちゆうちよ》もなく自分のほうへと強奪していた。

ここでまた、その女性も聞いたことのない駅名を答える。そうですか、と彼女はまた会話を断ち切り、

「どこで降ります？」

続いてまたまた、隣の乗客に会話をうつす。そのときになってようやく、おれは彼女の行動の意味を理解した。

彼女が質問していた相手（中学生くらいの男子だった）から、今度はおれも聞いたことのある駅名がしめされる。というのも、それはこの電車が次に停《と》まる予定の駅だった。

「じゃあ待ちます」

彼女は一言答えて、その男子の目の前で立ちはじめた。

つまり彼女は、席を空けたかったのだ。

「それが好きになったきっかけ？　たったそれだけ？」

「そうだよ。電車で惚《ほ》れた相手が同じクラスだと知ったときは、運命だと思ったよ」

「で、今さっきフラれてきた」

「うるさいよ」

　放課後。昇降口で待ってくれていた友人の斎藤《さいとう》と一緒に下校していた。中学時代から一緒だったというよしみから、告白の結果を報告しながら、好きになった経緯まで細かく説明してやった。なのに、ぽかんと口を開けるというリアクションだけだった。

「盲点だろ。確かに、質問しちゃいけないルールなんてない」

「まあそうだが、暗黙の了解ってのがあるだろ」

「その暗黙に光を照らしたのが彼女さ」

「いみわからん。非常識なだけだろ、それ」

「たとえば？　どのくらい」

「祭りの屋台の射撃で商品にむかって弾を撃たずに、銃のほうを直接なげて当てるくらい」

「斬新な心をもってる人じゃないか」

「残念な頭をもってるやつだよ」

「彼女の侮辱《ぶじょく》は許さん」

　とにかく、と友人は一言。

「人から嫌われようと、まったく気にもしないやつのする方法だよ、それは」

「というか、この話にはまだ続きがあって」

「はいはいもういいよ。わかったよ」

斎藤は聞くのをやめてしまう。消化不良気味に、おれも諦めて口を閉じる。

あのときの唯咲さんは、おれにとって特別な存在だった。

あんなこと普通のひとはできない。宝石みたいに、輝いていた。手を伸ばして、そばにおいて、その美しさに浸りたかった。

その手は結局、届かなかったけど。

意思を伝えることまではできた。だから、よしとしてもいい。まあいいか、と自分をなだめてやってもいい。そう思っていたときだった。

「で、あきらめるのか？」

「あきらめるって、唯咲さんを？　聞いてたのかよ、おれフラれたんだぞ」

フラれたらあきらめる。

それが当然だと思っていた。

だけど斎藤は、そんなおれの常識を笑う。

「別に唯咲さんに好きな人とかいないんだろ？」

「それは訊《き》いてなかった」

「なら訊いてこい。ついでにもう一回告白してこい」

「でも、『死ね』っていわれたし」

「中途半端にしたくないんだろ。見切りはまだ、ここじゃないと思ってるんだろ？」

見切りはまだ、ここじゃない。ここじゃなくてもいい。あきらめなくてもいい。

ならばおれの恋は、まだ終わらない。気持ちが残っているかぎり。うつむきかけた顔をあげて、そして、道の先にいる彼女を見つけた。

「唯咲さんだ」

「え、どこ？」

おれは指をさしてやる。一直線の道路。その先を歩く彼女。距離はあるが、間違いない。

友人はいまだに見つけられないようだった。

「あの米粒みたいなやつか？」

ようやくとらえた彼女の姿を、米粒呼ばわり。

「いまなら走って追いつける。ついでに一緒に電車で下校」

「ほんとに唯咲さんなのか？　お前、何気に視力は良いもんな。オレにはわかんねえわ」

たしかに、と自覚するくらいの視力をおれは持っていた。入学式直後で測った視力は2.

0だった。どのくらいかと言うと、一般的な視力検査表にある、一番したの、つまり一番小さいマークが見える程度だ。実例をだすなら、五十メートル先くらいまでなら、ひとの表情は細かに見える。

斎藤を置き去りにして、走りだす。担ぐ鞄《かばん》が邪魔だったが、彼女に近づいていくたびに、自然と気にならなくなっていった。それもそのはずで、放り投げていたからだった。あとで友人が拾ってくれるだろう。

彼女は片手で携帯をいじっていた。細くくびれたその腰にまでかかる長い黒髪は、歩くたびに左右に揺れている。乱れているとかではなく、あくまで整ったような、いつもの整《せい》頓《とん》された揺れ方。

というわけで、再びご対面。

行く手をふさぎ、おれは彼女と向かい合う。すぐに睨《にら》まれるが、かまわず目的を遂行することにした。

「好きです、付き合ってください」

「警察を呼びました」

「なんで⁉」

チッ、と彼女が舌打ちする。見なかったことにした。

「あなた、脳が壊死《えし》でもしましたか？　朝にはっきり絶縁をつきつけたはずですけど」

「確かにおれも、いきなり『付き合ってくれ』は性急だった。考えてみれば、よく知りもしないでそれで『はい』とうなずくような人はいないよな」

「フラれた相手に、半日もたたずまた告白してくる人もいませんけどね」

けどあきらめない。

あきらめなくてもいいことを知ったから。

「ということで、友達からどう？」

「近づかないことを条件にするならいいですよ」

「電車、方向おなじだよね。一緒に帰らない？」

「話聞いてました？」

「ははは」

彼女の毒舌に対するスルーを、早くもおれは身につける。

「まさか、私の座る席を奪うつもりですか？」

「きみじゃないし、どこの駅に降りるかなんてひとに訊かないよ」

「……なんで知ってるんです」

「好きだから」

「ストーカーの定型句ですね」

ギロリと睨まれ、再びスカートのポケットから登場する携帯。今度は取りだす勢いがマジだったので、こちらも本気で謝った。土下座に近い体勢で謝罪を繰り返したら、六度目で許してもらえた。

彼女はおれを置いていこうと歩きだす。早歩きのようだが、追いつけないほど速くはない。振り切ろうと必死で発汗する彼女の表情を横から眺めていると、また心にグッとくるものがあった。

「ね、ちょっとは知ってるでしょ、きみのこと」

「……いいえ。やっぱりわかっていません」

彼女は振り切ることを諦めたようで、出場者二名の競歩大会は自然とお開きになる。

「後悔しますよ。私に近づかないほうがいいと、いまにわかります」

初めて見せる、真剣な表情だった。かすかに懇願さえしているようにも見える。近づくな、お願いだからこないでくれ。なんとなく、パズルのピースをまたひとつ見つけたような気分だった。

彼女はいったい、なにを抱えているのだろう。

1.3

「唯咲さん。思った以上に、関わったらやばいやつかもしれないぞ」

昇降口で会うなり、斎藤は言ってきた。中学時代に唯咲さんと同じ学校だったという数人の男子から情報収集をして、彼女に関する噂《うわさ》があることを知ったらしい。

「どんな噂だよ、言ってみろよ」

挑発の口調で言う。何がきたところでひるまない。こちらは彼女の魅力を語ることで、それを論破してやるつもりだった。

「女子にはやさしいが、男子にはきびしいんだとさ」

「それがどうした。小学校のころの女子なんて、みんなそうしていたろ」

「あいつ、告白してきた男子を鉄パイプでボコボコにしたらしい」

「それがどうした。小学校のころの女子なんて、みんなそうしていたろ」

「そんなわけあるか」

だめだった。ごまかせなかった。

それにしても鉄パイプ。さすが彼女だ。痛めつけようという意思がはっきりしている。

「忠告にしたからな。彼女のことは諦めとけ。だいたい、もう二回もフラれてんだろ、脈はねえよ」

「てのひら返しやがって！　あんなにおれをたきつけたくせに」

励まされて、少し感動していた昨日の自分がバカだった。

斎藤は続ける。

「出会ったらすぐに逃げろよ。それか死んだフリでもしとけ」

「彼女はグリズリーじゃない」

「それくらい危険ってことだ」

教室に入ると、席に唯咲さんがいた。窓ぎわの一番前の席だ。おれは自分の席には向かわず、まっすぐ彼女のもとに向かった。なにもわかってねえ！　と後ろで斎藤が叫んだ。

「今さらだけど、おれのどんなところが気に入らない？　教えてくれ、欠点があれば直してみせる」

「私を好きなところです」

「ごめん、無理だった」

読んでいた本を閉じ、まっすぐこちらを睨みつけてくる。いまにも殺されそうだ。無視をされていないだけマシだと思っているあたり、そうとう麻痺《まひ》してきている。

「だいたいあなた、どうして私のことが好きなんですか。教えてください、魅力を自分でつぶしますから」

「おれを嫌いなところ」

「ごめんなさい、無理でした」

はあ、と彼女はうんざりするようにため息をつく。

「その様子だと、まだ症状はでてないみたいですね」

「症状？」

「いまにわかります。っていうか、あなたが気づいてないだけかもしれませんね」

「いったい何のこと？」

「視力」

「え？」

「あなた、視力はいくつです」

「……2．0はあるけど」

「けっこう良いんですね」

「好きになってくれた？」

無視して唯咲さんは続ける。

「最近その視力を測ったのはいつです？」

「入学してすぐだよ。ほら、一年生共通の健康診断のときだ」

「保健室でしたね。じゃあいまから行ってきてください」

「はい？」

「いま現在の視力を測ってきてください。それを報告することが、次に私と会話する条件とします」

　気づけば走りだしていた。


「しつれいします！」

　保健室の戸を開け、一礼。顔をあげると、保健医の先生がうっとうしそうな目をこちらに向けていた。女性だった。年齢は三十代ほど。なぜか目のクマがすごい。

「汗をかいて走ってやってきたあたり、あなたの健康に問題はなさそうだけど」

「心のほうにちょっと問題がありまして」

　首をかしげる保健医の先生に歩みよる。

「視力検査をしたいんです」

「どうして？」

「好きな子と会話がしたいから」

「ますます意味がわからないんだけど」

応《こた》えつつも、先生は壁のほうにむかって指をさす。視力検査表が貼ってあった。

「離れる距離は五メートルね。早く済ませなさい」

それから、そばにある机の上の文庫本を手に取り、おれに渡してくる。

「いまないから、それを遮眼子《しゃがんし》代わりにしなさい」

遮眼子。あのスプーンみたいな黒いやつのことだとわかった。

まずは右目から。

ここまできたらと、先生にも手伝ってもらうことにした。先生は胸元からふいに登場させた指揮棒のようなもので、Cのマークをひとつずつ、指していく。この前やった視力検査と、まったく同じシチュエーションだ。結果は変わらないだろう。一番したのマークも見えるはず。

「右」「はい」「右」「はい」「下」「はい」

「上」「はい」「上」「はい」「左」「はい」

「下」「はい」「……右？」「うん、ここまでね」

続いて左目にうつる。右目のときと同様、四方のどれかを口にして、「はい」の答えを頂戴《ちょうだい》するやり取りの後《のち》、結果が明かされる。

「両目とも、1．3ね。よかったじゃない、健全な結果よ」

「…………え？」

検査中にうすうす、おかしいとは思っていた。どんなにこらしても一番したのマークが見えなかったからだ。ほんの少しくらいは下がっているだろうとは思ったけど、1．3。

これはおかしい。

目を見張るほど明確に、おれの視力は下がっていた。


教室につき、席についたところで目の前に彼女がやってきた。ビクッ、と思わず肩がふるえた。

様子に満足するように、彼女はかすかな笑みを向けてくる。はじめて笑うのを見た。あんまり気持ちのいいものではなかった。

「どうですか？　下がっていたでしょう」

「……なんで」

「まだまだ下がりますよ。私とこうして会うたびに、会話するたびに」

「………」

いままでのような、軽いやり取りがなされることはない。朝の教室。窓から差し込む太陽の光は、おれの座っている席だけをよけるように、まわりの床を照らしている。

「わかったなら、これ以上は近づかないでください」

いいえ、と彼女は言いなおしはじめる。

「あきらめなさい、いますぐに」

「きみが下げてるのか？　おれの視力を」

「……違います」

怒気を強めてはいるが、しかし若干《じゃっかん》の躊躇のようなものもあった。おれはそれを見逃さない。

「とにかく、視力を失いたくなかったら……」

ここでチャイムが鳴りだす。周囲からはにぎわいが退散しはじめる。机やいすを引きずり、会話の声がポツリポツリと消えていく。

去り際、彼女はおれにこう告げてきた。

「もう私には、近づかないでください」

0.9

「唯咲さん、おれと一緒に昼飯たべようよ」

翌日の昼休み。彼女のもとにつめよると、とたんに唖然《あぜん》としたような顔がかえってきた。

一日考えて、おれはまだまだ唯咲さんにつきまとうことに決めた。

彼女は手に持っていた箸《はし》を床に落としてしまう。彼女のまわり、机を囲んで一緒に昼食をとっていたほかの女子が、思わず「あっ、」とそれに反応して小さく声をだす。

「あなた正気ですか」

「腹が減っていたら食事するのは当たり前だろ」

「いや、だから、そういうことじゃにゃくて」

動揺で思わずかむところが、また可愛《かわい》い。

「じゃあ唯咲さん、あたしたちはお邪魔みたいだから」

ニヤニヤ笑いを浮かべ、彼女のまわりにいたその二人の女子が席を立つ。好都合の対応に、思わずおれも頬《ほお》がゆるむ。

「悪いね、ありがと」

「いいよ雨ノ埼くん」女子のひとりが応えた。

「ちょっと待ちなさい。ほんとうに悪いです。あなた邪魔です。今すぐ退きなさい！」

と、熱がこもり立ちあがりかけた彼女の肩に力をかけ、座らせるのはもう一人の女子のほう。しぶしぶその意思に従う彼女。遠慮せず、目の前の席におれは腰をおろす。

「言っておきますが、あの子たちのためです」

「ここでおれときみがキスでもしたら、もっとあの子たちのためになるんじゃないかな」

「ここであなたを窓から突き落としたら、きっと人類のためになりますね」

言い返しようのない鮮やかな毒をまいてくる彼女の舌の上に、卵焼きがのせられる。彼女はガツガツと、ストレスを箸先にこめて食事を始める。

「おいしい？」

「ええとても。あなたの弁当など比にならないくらいおいしいです。私の弁当がフランス料理ならあなたの弁当は駄菓子レベルです」

「なつかしい味がしていいじゃん」

「私に話しかけず、そのままずっとなつかしさに浸っていてください」

「ところできみのフランス料理をつまんでいるその箸だけどさ、拾われてからまだ洗うところを見てないんだけど―」

「…………っ！」

席を勢いよく立ちあがり、彼女は箸とともに教室の外へと駆けだしていく。楽しいなあ。好きなのであとを追ってみる。廊下に設置された洗面台で、うがいを繰り返す彼女を発見した。

グジュグジュ、ぺー。グジュグジュ、ぺー。と、彼女は口から水を吐きだしていく。台に流れるその水をすくいとって飲んだら間接キスになるかな。しないけど。

「意外と潔癖症なんだね、きみ」

手の平で口元をぬぐい、彼女はこちらに顔を向けてくる。睨んでいた。クセになりそうな眼光の強さだった。

「どうしてですか」

どうして。と、彼女は問う。

そんなの、決まっている。

「好きだから」

「その大好きな私の姿だって、じきに見られなくなりますよ」

「平気だよ。むしろそのときは、おれがきみの外見だけを好きになったわけじゃないことを証明できる」

沈黙。を、ひとつはさんだところで、

「気分が悪いので早退します」

彼女はおれの横を通り過ぎていく。

「一人で帰れる？」

「ついてこないでください」


放課後。部活にもはいっていないおれにすることは特になく、彼女は本当に早退してしまったので、会うこともかなわない。よって学校にいる価値はない。さあ帰ろうと、その前にまた保健室に寄ることにした。価値はないが用事はあった。

「またあなた？　よほどの事故にでもあわないかぎり、数時間で視力なんて変わらないよ」

目元にクマを飼っている保健医の先生が、苦笑いをそえる。

実際、そのとおりだと思う。よほどの事故にでもあわないかぎり、視力は下がらない。少なくとも、異性を好きなることぐらいで普通、視力は下がったりはしない。

彼女の言葉を信じていないわけではないけれど、百聞は一見にしかずをもう一度、重ねてみたくなっていた。その一見すらできなくなりますよ、とか、彼女は言ってきそうだ。

「というわけで、また手伝ってくれません？」

「俺が手伝ってやるよ」

背後で声がした。友人かと思って振り向くと、そうではなかった。決定的な違いはメガネをかけているところだった。

「……だれ？」

「神田《かんだ》。隣のクラスだけど、斎藤づてにお前のことを聞いてさ」

斎藤づてと言った。斎藤と、おれ、彼の間に何か接点はあっただろうか。

彼は肩にかかっている鞄をさぐりはじめる。取りだしてきたのは遮眼子だった。

「なんでこんなものを常備してる？」

「まあまあ。とにかく済ませちまえよ」

言って、神田くんは視力検査表の前へと移動する。

Cのマーク、そのうちのひとつに適当といった感じで指をおき、

「これは？」

始めようとするので、あわてておれも準備をする。

まずは右目から。

「上」「せいかい」「左」「せいかい」「右」「おう」「………下？」「うん、じゃあ反対」

彼に従い、次は左目に。っていうか、なんで手順知ってるんだ神田くん。

「右」「ほい」「右」「ほい」「上」「ほい」「……左?」「このへんだな」

神田くんは指をおろし、

「左右とも、0.9だ」

「………そんな」

数時間前。昨日の朝の時点では1.3あった。一昨日までは、2.0だった視力。

彼女の言うことは、やっぱり本当なのか。

視力、0.9。

言われてみれば、確かに視界に窮屈《きゅうくつ》さを感じないでもない。遠くのものを見るときには、自然と目をこらしている。たとえば窓の外の中庭。そこに立つ木の詳細を眺めるときとか。

いままでは、なかった動作だ。

「ほんとにやり方はあってるのか、神田くん」

「間違えてねえよ」

「なんで言い切れる」

「何度もやってきたからな。お前みたいに」

うつむきかけていた顔を、思わず神田くんのほうへとあげる。

不敵な笑みが、視界をゆらした。

「あいつに恋したやつは、みんな視力を落としていく。会うたびに、会話するたびに。それだけじゃない、想っている間は、視力の低下がとまることはないんだ」

帰宅の路を一緒にすることになった神田くんは、おれの横でゆうゆうと語ってくる。彼は自分の過去を回想しているようでもあった。

「神田くんも唯咲さんが好きなのか?」

恥ずかしそうにうなずきを返してくる。そのあとすぐに真剣な顔になる。

「俺は0.04まで落ちた。そこでさすがに怖気づいたね」

彼は続ける。

「はじめのうちは、気のせいだって思ってたよ。さっきのお前みたいにさ」

視力の低下。彼女に恋をすると、視力を失う。

どうしてそんな力が存在するんだ。唯咲さんがもともと持っている力なのか。ありえるのか。整理しきれていないおれに、神田くんはたたみかけてくる。

「俺はこれを知ったとき、それほど意外なことだとは思わなかったよ。世界には常に理解のできないことがいつも起こっていて、昔からひとはそれを幽霊や妖怪、もしくは神様のせいにしてきている。そのほうが楽だから。折り合いがつけられるから。そしてそれが、たまたまいまは、自分のそばで起こっているだけ。目をこらしてよく見れば、世の中からはみだしているものなんて、もっとあるんだ。この高校にだって、理解のできないやつはほかにもいるかもしれないぞ」

わかっているような、わかっていないような言葉だった。

「神田くんの視力は？」

「後遺症で、いまの視力は０．６だ」

「もともとあった視力は？」

「１．０以上はあったと思う」

「後遺症ってことは、治す方法があった？」

「簡単だよ。彼女を諦めることだ」

「諦めれば、視力が戻るのか」

「完全にじゃないよ。だからこうして、俺はメガネをかける羽目になっている」

なぜだろう。

暗闇《くらやみ》のようなものを想像した。近づけば近づくほど、真っ暗になっていく、そんな暗闇。

暗闇の奥からは、声が聞こえてくる。

『まだまだ下がりますよ』

『私のことはあきらめなさい、いますぐに』

『もう私には、近づかないで』

彼女は恋をよせつけない。

ひきつけてしまっても、ひきはがしてしまうだけだ。

「同じ中学だったんだよ、俺。好きになって告白したのはその一年後」

「それで失敗？」

「もちろん」

「何回トライした？」

「四回くらいかなあ。五回目にいこうとしたところで、むこうが鉄パイプをだしてきてさ、それでなんかもう、踏ん切りがついたわ」

鉄パイプの被害者はきみだったのか。

「一年って、かかりすぎだよな。ほんとはもう少し早く告白したかったんだけどさ」

「踏みだせなかった？」

「いいや、俺のほかにもうひとり、唯咲のことが好きだったやつがいたんだ。そいつとは友達だったから、つい先を譲っちまった」

「それでどうなった?」

聞いたとたん、また、ずしりと重い暗闇の存在を感じた。

「授業中に、突然だった。見えないって、泣き叫んでたよ」

「彼も諦めた?」

「たぶんな。結局その日から、一度も学校にこなくなってさ。転校してったよ」

「彼女は平気なのかな」

と、口にした瞬間に後悔した。

平気なわけがなかった。平然としているのは、ただのフリだ。大丈夫だなんて、あるもんか。事実、彼女はおれに何度も忠告していた。昼休みには、彼女のほうからおれを避けた。忠告してくれていたし、避けてくれていた。

「だから諦めろ、とは言わねえよ。ほかのやつは知らないけどさ。俺だって、完全に諦めきれたわけじゃない。こうして同じ高校にまできてる。意識しないほうがおかしいよな」

「まったくそのとおり」

彼女を無視などできない。初めて電車の中で見たあの日から、おれの目は彼女に釘づけだった。

「後遺症とはいったけど、俺の視力が回復してないのはそれが理由かもな」

本当の、理由。

おれは恋愛に対する経験値が極端に少ない。だから自信をもっていえるわけじゃないけど、たぶんどの恋にしたって、何度目の恋にしたって、失ったそれをすっかり忘れることなんて、できやしない。失恋した相手の存在を、影響をすっぱり断つことなんて、不可能だ。

「さっき話した、転校していったやつもそうだ。きっと完全に視力が戻ってるわけじゃない。俺みたいに、メガネはしてるんじゃねえかな」

「となると、メガネをかけた十代の男子はすべて唯咲さんを好きになった経歴を持っている可能性があるのか」

「お前はなんだか、素で唯咲に嫌われていそうな気がするよ」

かははっ、と彼は笑う。

「とにかく、それでもお前は諦めなくていいんだ」

ありがとう。言いかけたところで口がとまった。違う。これは励ましの言葉ではない。

その証拠として、神田くんは最後にこう言ってきた。

「ただ、覚悟はしろよ」

ランドルト環《かん》。

それがあの、視力検査表の正式名称らしい。おれがずっとCのマークと表現していたあれには、ランドルト環という立派な名前があった。もちろん神田くんに教えてもらったことである。

その神田くんは言った。彼女に失恋し、それをまだ完全に諦めることができずにいると。

さらに神田くんは言った。

覚悟はしろ、と。

視力を失う覚悟。まわりのものが、たとえば家族の顔が、友人の顔が、神田くんの顔が、保健医の先生の顔が、なにより彼女の顔が、もう二度と見えなくなるかもしれないという覚悟。

今日のうちはまだ楽に電車に乗って、こうして無事に家に帰ってこられた。それがいずれは、簡単ではなくなる、難しくなる覚悟。

つきつけられた現実に、思わず視界がかすむ。とか詩的なことを言っていると、ほんとうに視界がかすみだした。

「……………おぉ」

自室のベッドから起きだして、まわりの風景を見回す。カーテン。勉強机。床に散らばる制服。靴下。学校の鞄。週刊少年ジャンプ。表紙の文字。どれを見てもかすんでいた。視力が悪くなっていた。

いまの視力は、いくつだろう。ここにきて、初めての実感だった。メガネやコンタクトは買わないほうがいい。どうせすぐに変動するだろうから。

「変動するだろうから……か」

次にそなえている自分が笑える。どうやら、こんなところで終わるつもりはないらしい。

0.7

「きみのことを愛している。というわけで、となり座っていい？」

「どういうわけがあろうと許しません」

中庭のベンチが、今日の彼女の昼食場所だった。ひとりだった。当然、横に座る。

「どうしてわかったんですか、私がここにいるの」

「愛の力だよ」

「悪の力の間違いでしょう」

くすり、と彼女が笑う。ほんの一瞬だけ見られた笑顔だ。飛び跳ねたいくらいうれしくて、それをこらえるのが大変だった。

本当は愛でも悪でもなく、ただ、学校中をくまなく探しただけ。しいて言うなら、努の力だ。いやあ大変だった。

「で、視力は?」

「うん。今日の朝も測ってきたよ。0.7だった。いろんなものに、モヤがかかっている感じだよ」

「大変でしょう?」

「そうかもね」

あいまいに返すと、彼女は鼻をならして不機嫌そうに顔をそむける。プイッとする彼女、可愛いなあ。

「ねえ唯咲さん」

「なんですか、くだらないこと言ったら去ります」

「唯咲さんは、恋愛しないの?」

沈黙。

そして。

「できるわけないでしょう」

怒っているような声にはしかし、寂しさも含まれているように思えた。そういう彼女が、たまらなく、おれに義務感を抱かせる。

「どうして視力が、奪われるんだろう。きみが望んでいるわけではないのに」

「そういうものだと割り切っています」

「そういうもの、って……」

「本当は何かのせいにできたらいいですけどね。誰かのせいだと指をさせたらいいですけどね。妖怪のせいでも幽霊のせいでも呪いでも、なんでもいいから判明してくれたらいいですけどね。あいにく、そう都合よくはできていないんです。だからもう、そういうものだと受け入れるしかないんです。世の中が私に、こうあれ、と言っているんです」

平たく言えば運命だと。だから受け入れるしかないと。でもそんなのは、あんまりだ。

結局それきり彼女には口をきいてもらえなかった。食事を終えたら彼女とともに教室にもどるというのが理想だったが、彼女は先に中に入ってしまった。

手持ち無沙汰《ぶさた》な時間ができて、おれは保健室に向かうことにする。保健医の先生もおれの顔を見て、すぐに用件を察してくれた。

「上」「はい」「右」「はい」

「……上?」「ここまでね」そして応える。

「両目とも、0．3」

「…………」

自覚はあったが、そこまで急落しているとは思わなかった。素直にショックだった。保健医の先生が病院に行くべきだとおれに訴えかけてきたが、無駄だとわかっているので聞かなかった。

彼女の顔を見られる時間は、あとどのくらいだ?


放課後。前を歩く唯咲さんの姿があった。先に見つけたのは斎藤のほうだった。

「唯咲さんだろ、見えないのか?」

横を歩く友人が言う。著《いちじる》しく視力がノックダウンしていることを友人には明かしていない。友人が指さす先は、薄い影のようなものが見えるだけだ。かろうじて人の形を保っている、そんなシルエット、。

だけど彼女がいる。それならいい。

「じゃあな」

おれは走りだす。走りだしてすぐ、転びそうになった。

シルエットが徐々に形と存在感を濃くしていく。二メートルあたりでようやく、彼女の姿をとらえることができた。

愛しています、付き合おう。用意していた言葉を発する前にしかし、彼女はこちらに振り返ってきてしまった。おれとしては彼女を驚かせるのが告白のパターンとなっていたので、このときばかりは勇気がしりすぼみを起こしてしまった。

「こんにちは。お疲れ様です」

「え、あ、うん、こんにちは」

彼女の対応が何故かやさしい。なぜだ。告白しなかったからだろうか。偶然、機嫌がいいとか？　わからない。わからないうち、さらにわからないことが起こった。喜ぶべきことなのだろうけど、彼女のほうから話しかけてきたのだ。

「私、恋愛っていうのは丸い形をしてると思うんです」

少しとうとつだった。こちらを見ることもなく、どちらかといえば自分に言い聞かせるみたいだった。ひょっとしたら、昼休みの会話の続きだったのかもしれない。

「まる？」

「丸い円の、わっかのような形」

「どうして？」

「ひとを好きになって、恋をして、告白して、フラれて、失恋して、終わって。それでまた、ほかの人に恋をする。これの繰り返しじゃないですか」

「恋が実ったひとはどうなる？　フラれることなく、ゴールを果たしたひとの恋愛は？」

「その人には結婚が待っています。だから結婚指輪は丸いんですよ」

「ほお」

素直に感心してしまった。

結婚指輪が丸い理由。あれはつまり、恋愛を象徴しているのか。夫婦があれをしているのは、自分たちはこのループを脱出したという証明で。思いつきもしなかった。

けど、おれはほかのことに思いいたる。

それは、視力検査。

ランドルト環。

丸い円の途切れたようなマーク。

おれが最近、毎日のように目にしてきたあのマークは、まるで、彼女の恋愛を象徴しているかのようだった。体質のせいで、ひとを好きになることができない。恋をしていたとしても、諦めざるをえない。告白して、失恋をする過程にいたることなく、最初の段階で途切れてしまう。それが彼女の、いまの恋愛の形だ。Cの形。

そのときだった。

すっと、唯咲さんがもたれかかってきた。肩に、右半身に、彼女の重さを感じる。意識の隙《すき》をつかれたこともあって、どきんと心臓が跳ねる。どうしたのだ。今日の彼女はとても積極的だ。もしかしたら、ひょっとしたら、ついにおれの想いが伝わったのだろうか。彼女はおれにもたれかかり、自分のことを支えてくれるかもしれない、おれの存在を認めて、顔を近づけ、唇が寄り、そして。

「ぎゃあああああああああああああああああ！」

何が起きたのかわからなかった。気づけば痛みにおそわれ、ひざから崩れ落ちていた。全身の筋肉が巨大な力でぞうきんみたいにしぼられて、神経をぶちぶちと引きちぎられていくような、そんな感覚。

唯咲さんはおれを助け起こそうともせず、ただ冷淡な目で見下ろしてくる。その手に握られているものを見て、親しげによりかかってきた理由がようやくわかった。

スタンガン。

「あなたを諦めさせるには、もうこれくらいしないといけないと思いまして」

唯咲さんはおれに罵声《ばせい》を浴びせてくる。気持ち悪い、ストーカー、汚物、ナメクジ。プライドをつぶそうと、言葉の岩石を落としてくる。おれはだまってその岩石を受けとめていく。彼女は罵倒を吐き続けて、最後には息をきらす。

「二度と、近づくな」

最後にぼそりと言って、おれを置いて走り去っていった。立ちあがろうにも力が入らず、しびれるという言葉を全身で体感している間に、斎藤が追いついてきた。

「大丈夫かよ！」

「スタンガンを食らった。電気ってすごいな」

「無茶苦茶な……。病院行くか？」

「唯咲さんがよりかかってきたとき、彼女の胸のふくらみを堪能できた。すごかった」

呆《あき》れた斎藤は、起こしかけたおれの体からぱっと手を離す。ぐふっと息をもらし、再び転倒。置いていかないかわりに、彼はそばでおれが起きるまでしゃがみこんでくれていた。

さっさと起きあがりたいが、やはりまだ力が入らない。

「お前ってすげえよな」彼が言った。

「何が？」

「フラれた異性に何度も声をかけるって、普通しないよ。嫌われたらどうしようとか、まわりが自分のことをどう思うとか、気にならないのか？」

「そりゃあちょっとは怖いけど、中途半端はもう嫌だし」

斎藤がけらけらと笑う。

「お前のすごいところは、良いときでも悪いときでも、『まあいいか』で済ませられるところだよ」

褒められているのか、けなされているのか。

機嫌がよさそうだったので、ついでにひとつ、訊いてみることにした。

「恋愛を禁止されたら、お前どうする？」

「なに？　アイドルにでもなりたいの？」

結局、茶化されただけだった。こういう話は神田くんとしたほうがよかったか。

落胆しかけたところで、意外なことに答えはちゃんと返ってきた。

「そうだな、オレはお前みたいに、好きな子がいても告白する勇気すらねえ男だけど」

「けど？」

「それでも、自由に恋愛ができないなら、死んだほうがマシだと思う」

死んだほうがマシ。

つまり、死ぬよりつらいのだ。恋愛できないことが。

恋をし、愛を抱くことができないのであれば、それはもう人じゃない。そんな風に思うおれのこの意見は、決して言いすぎなんかではないはずだ。

「いいこと聞いたよ、さすがおれの友達だ」

0.1

夢を見た。

通学路の先に唯咲さんがいて、おれは横の斎藤を置き去りに走りだそうとする。だけど視界が急に真っ暗になる。夜になったかと思ったけど、そうじゃない。視界がふさがったのだ。心配した斎藤がおれの肩をつかんで、揺り動かす。

「何も見えない！　何も見えない！　何も見えない！」

叫んでいるうち、朝になって目が覚めた。

ベッドから這《は》いでると同時に転ぶ。めまいに襲われ、閉じた目を再び開けると、視界がさらに窮屈になったことがわかった。近くのものはギリギリ見えるけど、そのほかは、水のなかに裸眼で潜っているみたいに不鮮明だった。

いまの視力はどのくらいだろう。０．２、もしくは０．１もないかもしれない。下がり続ければ、０．０９、８、７、といずれはゼロになる。そうなったときが、おれにとってのゲームオーバーだ。その姿は間違いなく、唯咲さんを絶望させてしまうから。

このままのペースでいけば、タイムリミットはもう、一日もない。学校にいかなくては何も始まらないので、支度をする。２．０はあったころに比べて、準備の時間が格段に遅くなっていた。

風邪でも引いているのかと親に心配された。心の病なら抱えている。冗談をとばすと尻を蹴とばされた。ふらつきながら、外にでる。０．１。

スタンガンを食らった脇腹がまだ痛む。全身のしびれは取れているけど、そこだけがまだ筋肉痛みたいになっていた。残り少ない視力で確認すると、やけどになっていた。

サラリーマン、主婦、おじさん、おれと同じ高校生、背の小さい中学生。いろいろなひとの肩とぶつかりながら、なんとか電車に乗りこむ。

学校の最寄り駅につくころに、またためまいがした。さっきまでぎりぎり見えていたはずの電光案内板の駅名がかすんでしまう。視力が下がった。０．０９。間にあうだろうか。

昨日見た夢を思い出す。目が見えないと泣き叫んだ自分の姿。場所はこの通学路だった。正夢になることはなく、そのまま登校を果たす。

昇降口のげた箱に彼女の靴があり、学校に来ていることを確認する。勝手に恋をされて、視力を下げられて迷惑だとおれに語り、それでも律儀に学校にくる彼女は、やっぱり魅力的だ。

教室につき、一度自分の席に鞄を置く。興味を失ったというフェイントをかけて、安心しきっているであろう彼女のもとに向かった。途中でめまいを起こし、近くの女子に当たってしまう。けげんな顔をされ、その表情がぼやける。０．０８。カウントダウンのおわりはすぐそこだ。

窓ぎわ一番前の、唯咲さんの席をめざす。彼女はすでに座っている。近づいてくるおれに気づいたのか、驚き、立ちあがったのがうっすら見える。間近まできてようやく、彼女が焦り、恐れている表情をしているのがわかった。

「あ、あなた。どうして」

「おはよう唯咲さん。今日もいい天気だね。きみに告白するときはいつだって晴れと決めていた。ということで、好きだ」

慣れない視界。早すぎる視力の低下。変動の速度に、体がついていかない。ひどいだるさを覚えて、気をぬけば倒れそうだった。彼女のほうに倒れたら、抱きとめてくれるだろうか。

いつものように罵倒が返ってくると思った。それなのに彼女は、唇を震わせているだけだった。怒りではない。とまどいだ。胸にチクリと痛みがはしる。どんなに罵倒されても、びくともしなくなっていたはずのおれの心が、ゆらぐ。０．０７。

「バカですか。正気ですか。昨日、あんなに脅したのに……」

「ああ、あれか。いいマッサージになったよ。おかげで腰が楽になった。健康にいいね、スタンガンマッサージ」

「やめてください！」

叫んだ。

教室中が、静まりかえる。

「お願いだから、近づかないで！　どうしてくるのよ！　なんでそんなに、諦めないの！　わからない！　私は、どうしたらいいのよ！」

乱れる彼女を、初めて見た。

冷静で、丁寧な敬語で、それでも意志が強く、自分という芯を持っていて、そんな唯咲さんの弱さがあらわれる。そうしているのはまぎれもなく、おれのせいで。

声をかけようと思った、そのときだった。

「いやあ！　なにこれ！」

唯咲さんの後ろの席の女子が、急に叫ぶ。女子は自分のまぶたを何度もこする。開いた両目はどちらもうつろで、焦点が定まっていない。左右に忙しく動き、ものをとらえられていない様子だった。

「見えない！　見えない見えない！　誰か助けて！」

どういうことだ。視力が、失《な》くなっているのか。

まさか唯咲さんの後ろにいたこの女子も、彼女のことが好きだったのか。

だけどそんな考えはまだ甘く、事態はそれ以上に悪くなっていることを、おれはすぐに知る。

近くの男子が続いて急に倒れこんだ。「見えねえ！　なんだこれ！」。叫び、のたうちまわり、まわりの椅子《いす》を、机を次々と蹴っていく。男子を注視していると、今度は背後でまた誰かの倒れる音がする。見えない。目が見えない。助けてくれ。どうなっているんだ。視力の喪失が伝染していく。エリアをどんどん広げて、喪失者を増やしていく。女子のものと男子のもの。混ざった叫び声が、教室中に響く。

唯咲さんは胸元に両手を置いて、自分を守るようにしていた。その体は震えている。違う、違う、違う、と彼女はつぶやいている。

動揺した彼女が、自分の力を暴走させた。それがこの景色をつくりだしている。まだかすかに見える視力でとらえた、仮定と事実。

唯咲さんが走り、教室を飛びだしていった。

どうする。おれはどうする。

これ以上、彼女に近づけば、さらに混乱させてしまうのではないか。

ただでさえこんな状況になって、きっと唯咲さんは責任を感じているはずだ。おれが行って、何ができるだろう。

もうだめだ。

おわりだ。

いろんなひとに迷惑をかけて、おれの恋愛は幕を閉じる。失ったのは恋心と、わずかな視力。

中途半端な自分を変えたくて、恋をしたけど。結果はこんなみじめなものだ。だけどまあ、頑張ったじゃないか。いつものように、あの言葉で自分をしめたらいいじゃないか。

教室はいまだに混乱の渦中で、パニック寸前になっているけど、ひとまずおれは自分を落ち着かせるために、こうつぶやくのだ。

「まあいいか」

拳《こぶし》を握り、つぶやいたばかりの口を閉じて、唇をかむ。

いいわけあるか。

かつての自分なら、本当にここで諦めていたかもしれない。自分のためだけに動き、大したプライドもてずにここで終えていたかもしれない。

だけど違う。

いまは違う。

おれにはしたいことがある。

中途半端には、しちゃいけないことがある。

「おい！　お前！」

教室をでたところで呼びとめられた。メガネをかけた茶髪の男子だと、ぼんやりその容姿を見てとる。神田くんだった。

「どうなってんだ。こっちのクラス、目が見えないって言いだすやつが大勢いて……」

開いた教室のドアから、おれのクラスを見る神田くん。言葉を失い、理解する。爆心地がここであることに。

「これ、唯咲がやったのか」

「違う。おれのせいだ。だから責任をとりにいく」

去ろうとするが、肩をつかまれる。簡単にはふりほどけず、彼の言葉を聞くしかなくなる。0.06。

「やめとけよ。お前さ、もうこれ以上、あいつを苦しませるな」

「…………」

取り乱した彼女を思い出す。

「お前だって、次はもう、本当に視力を失うぞ。いまのまわりの混乱は、唯咲が落ち着けばきっとおさまるものだ。誰もかれもがみんな、唯咲に恋をしてるわけじゃないからな。だけどお前は違う。お前はまだ、諦めてないだろ」

「そのとおりだよ。おれはまだ諦めてない」

同時に、気づいたんだ。

唯咲さんを救ってあげたいと。

「これはもう、おれだけの恋愛じゃない」

じっと見つめ、やがて神田くんが肩から手を離す。おれを説得できないと、あきらめたらしい。あきらめてくれたらしい。認めてくれたらしい。

「もう一度、告白してくる。うまくいったからって、嫉妬《しっと》するなよ？」

神田くんは呆れたのか、おてあげだと両手を見せる。その手が、おれが進もうとしていた方向と逆を指した。

「向こうでも目が見えないと騒ぎが起きてた。あいつが発生源なら、逃げだしたのはきっとあっちだ」

「ありがとう」

おれは駆けだす。

めまいが同時に襲い、視力を落とす。０．０５。間にあえ。

０．０４

唯咲さんはどこにいるだろう。いまごろひとりで、泣いているだろうか。誰にも見せない場所で、感情をあらわにしているだろうか。

悲鳴をたどると、階段にでた。迷わずくだる。三段飛ばしだ。途中でめまいが襲い、踏み外し、派手に踊り場に叩きつけられる。視力が下がっても気にするな。急げ。

一階まで降りて、昇降口にたどりつく。彼女のげた箱を見てがく然とする。靴がそこにあった。まだ校内にいるのだ。どうして外に飛びだしたと決めつけたのだろう。恐ろしい時間のロス。

階段をかけのぼる。校内中に悲鳴が聞こえる。視力の喪失が伝染しているのだ。唯咲さんはどこにいった？　途中でまた、めまいが起こる。てすりをつかんで、今度は転ばずにすむ。階段の段差がどこにあるのか、もうわからない。それでも足はとめない。

入学式。

はじめて見た彼女の姿。電車の席を、ユニークに探していた姿。自分の意思のおもむくままに生きているように見えた姿。肩からはらりと落ちていく、長い黒髪。好みを選びそうな、するどい目つき。

斎藤の感想が頭をよぎる。

『人から嫌われようと、まったく気にもしないやつのする方法だよ、それは』

そう。彼女は嫌われようとしていた。

嫌われてもいいと思っていた。

『女子にはやさしいが、男子にはきびしいんだとさ』

異性からの好意は、自分には関係ないと、断ち切っていた。

だけどおれは知っている。おれだけが知っている。彼女のやさしさを。

0．03

告白をしたとき、彼女は念を押してきた。

『本気ですか？』

『本当に、私に、恋をしていますか？』

あれは決して期待なんかじゃない。

恐れていた。自分に好意が向いていることを。好きだという男子があらわれて、また視力を失わせてしまうと。

おれを避けようとする、彼女の敵意。必死の抵抗。罵倒の嵐。

『告白の場所に屋上を選ぶとか、チープすぎです』

『警察を呼びました』

『これ以上は近づかないでください』

『あきらめなさい、いますぐに』

『ついてこないでください。この汚物』

『二度と、近づくな』

すべての言葉が、いまは悲鳴に聞こえる。

彼女の悲しみに聞こえる。

0.02

恋をしたのは自分のためだった。中途半端な自分を変えてやろうと、安易に恋愛に手をだした。誰かを好きになろうと決めて、確かに世界は変わった。

だけど恋愛は、片方だけではだめなのだ。誰かを想い、自分を想ってもらわなくちゃいけない。そうしないと、輪はできない。そういう意味では、おれは本気で唯咲さんを想っていなかった。いままでは。

だけど、助けたいと思った。特異な力をもっている女の子を。

世の中からはみだした彼女を、好きな彼女を、救ってあげたいと。

自分のためにじゃなく、唯咲さんのために。

ずっと勘違いしていたことがある。恋愛について。誰かに恋をしようと、必死にもがいていた自分は間違っていた。

恋愛はするものじゃなくて、きっと、気づけばもうしているものなんだ。

どんなにあぶなくても、のぼる。この足をとめない。

踊り場にでて、倒れこむようにドアを開ける。

屋上の奥。

てすりの下で、ぽつんと固まっている影。誰にも見つけられず、うずくまるひと。唯咲さんが、座りこんでいた。

０．０１

弱みを見せてはならないという意識が働いたのか、彼女はおれを見て、勢いよく立ちあがる。

「どうしてここにいるって……」

「逃げる場所が屋上って、チープすぎないかな?」

いつかの意趣返しのつもりで言った。本当は冗談を言う時間もなかったけど、精一杯、虚勢《きょせい》をはる。

「きみを救いたい」

「何様ですか。なめないでください」

いますぐ去れと、かみついてくる。ひるまない。

どれだけ視力を失おうと、おれは唯咲さんの前に、立ち続ける。

一歩、彼女に近づく。びくっと体を震わせ、唯咲さんは逃げようとする。だけど狭い屋上で、いずれは追い詰める。

「こないで！」

「おれは証明しにきたんだ！」

叫び声で返すと、彼女がとまった。おれは続ける。

「きみは恋をしてもいいんだって。ひとを避ける必要はないって。証明しにきた。どんなことがあっても、どれだけひどい目にあっても、きみを好きでい続ける人間がここにいることを、証明しにきた！」

唯咲さんの体の震えが、徐々におさまる。顔は見えない。どれだけ近づいても、視力が遠ざける。だけど、だからこそ願う。彼女に届いてほしい。

「何も知らないくせに、偉そうに」唯咲さんがぼそりと言った。

「知ってるよ。きみの魅力は知ってる。きみのやさしさを知ってる。電車に乗ったきみを見たのが最初だった。座っている乗客に一人ひとり、席は空かないかと尋ねまわってた」

「さぞかし醜《みにく》かったでしょうね」

「そうだね。見ていたのが途中までだったら、そうだったかもしれない」

「…………」

「『自分が座りたいからひとに訊いている、ちょっと変わった女の子』。最後まで見ていなかったら、そんな印象しかなかったかもしれない」

だけど違う。

あのシーンには、続きがある。おれが彼女を好きになったエピソードを斎藤は最後まで語らせてくれなかった。あのエピソードには、続きがあるんだ。

「席が空いたあと、きみは自分で座らなかった。車両の端にいた、杖《つえ》を持っていたお年寄りを支えながら、その席に案内したんだ。席を探していたのは、最初から自分のためじゃなかったんだ。きみはつらそうなお年寄りに、席を与えてあげたかったんだ」

お年寄りは唯咲さんに、本当に助かったような顔でお礼を言っていた。彼女は恥ずかしがって、そそくさと電車を降りていった。彼女が席をこじあけようとしていた話は、そういう正義の話だ。

だけどその方法は、したくてもなかなか取れない方法だ。評判や心証という、見えないものに支配されているおれたちには、決してできなかったこと。嫌われてもかまわないと思えている彼女にしか、取れない方法。

自分の印象なんて捨ててしまえるぐらい、唯咲さんの心は高潔だった。自分の身にふりかかる訳のわからない力も運命だと受け入れて、逆に利用してしまえるぐらい、強いひとだった。そんな自分とは正反対の彼女に、おれは惚れたんだ。

黙っていた彼女が、口を開いた。

「本当に？」

「え？」

「本当に、私に、恋をしていますか？」

それは恐れか。

それとも。

唯咲さんの頬《ほお》を、涙が伝うのがかすかに見えた。

めまいがする。

ゼロになるその直前まで、おれは彼女を見続ける。

ランドルト環。

途切れた彼女の円を、結ぶために。

「きみが大好きだ」

そして。視界が遮断され、あたりが真っ白になる。

光という光が目をおそい、何も見えなくなる。動揺し、倒れて、そのまま頭をぶつけた。

彼女の返事をせめて聞きたかったが、そのまま意識を失った。

ゲームオーバー。

まあ、いいか。

0

真っ白だった。どこまでも白くて、距離感がつかめない。

だけどよく見ると完全に白くはなく、薄いシミのようなものがある。何かおかしいと思い、それがふさがった視界ではなく、ただの白い天井であることに、遅れて気づいた。

体の下には、自分の体重をやさしく、やわらかく支えるものがある。ベッドだった。

「そのまま死んでくれればよかったんですけどね」

横のパイプ椅子に、唯咲さんが座っていた。

「え、あの、唯咲さん」

「私にみとれているあたり、視力はちゃんと戻ってるみたいですね」

戻っている。戻っている？

視力が？

「あなたをここまで運ぶの、大変だったんですからね」

「大変だったのはおもにわたしだよ」

横から声と顔をみせるのは、保健医の先生だ。そこでようやく、この場所がどこかを把握する。さんざん通い詰めた、保健室だ。

先生や唯咲さんから、おれが意識を失っていたいままでのことを聞いた。保健室に視力を失ったと訴える生徒たちが運ばれてきたこと。数時間すると、何事もなかったかのように、視力が全員回復していったこと。その空いたベッドに、おれがかつぎこまれたこと。

意識を失って。それまでのおれはどうしていたか。落ち着くと、すぐに記憶が流れこんでくる。唯咲さんを追って、屋上に向かったこと。告白したこと。

そうだ。告白の返事は、どうなったのだろう。いつものように、玉砕だろうか。

「さて、意識が回復したあたりで試してみようか」

言いながら先生が、ある場所に指をさす。壁。そこに貼りつけられているのは、視力検査表。本当はそんなことをする気分ではなかった。だけど唯咲さんの顔を見ると、やりなさいと促《うなが》してくるので迷わず従った。順番にさされたランドルト環の向きを答えていく。

どれも鮮明に、おれの目にうつっていた。

「じゃあ最後、一番したにあるマークの向きはわかる？」

「上です」

先生が検査表のほうへと歩みよっていき、答えを確認する。

「うん、正解だ」

一番小さなマークさえも見えていた。

視力が戻っていた。完全に。

「どうして？　なんで、急に」

「諦める以外にも、方法はあったみたいですね」

どこかとぼけたような口調で、唯咲さんは言う。見つめると、そむけられた。彼女の頬は少しだけ赤くなっていた。

「視力低下から逃れる方法。あなたが私を諦めるのではなく、私があなたを認めることで、片思いをなくしました。あなたが恋をしてもいいというので、甘えたんですからね」

それだけ言って、唯咲さんは不機嫌そうに立ちあがる。床に置いてあったカバンを担ぎ、早足に出口へと向かっていく。が、茫然《ぼうぜん》とするおれに気づいたようで、彼女は足をとめて振り返ってくる。

「なにぼけっとしてるんですか。帰りますよ」

「帰るって、どこに？」

「下校するんです」

言葉の意味をかみしめるように、繰り返す。下校。唯咲さんと、一緒に下校。

「下校……」

彼女は微笑《ほほえ》む。

おれに初めて見せる素直な笑みで、一言、告げてきた。

「私の恋人になったのなら、電車の席は必ず譲りなさい」

教室姫

1

教室に住みはじめて、もう一年半になる。三階の廊下をつきあたったところ、昇降口や体育館、校門から一番遠い教室だ。年度が変わっても、まわりが卒業していっても、私はここに住み続けている。

今日はチャイムの音で目が覚めた。九時の始業の合図だった。飛び起きて、あちゃあ、と再び倒れこむ。

枕もとの金属ラックに置いてある目ざまし時計を確認すると、時間が三時間前にとまっていた。アラームが作動しないわけだ。

小型の、おもちゃみたいな冷蔵庫から牛乳のパックを取りだして、朝食代わりにガブ飲みする。パジャマのそでで、濡れた口元をぬぐう。歯磨きなどの水回りは、教室を一度出て隣のトイレを使うことになっているが、もう授業が始まっているので着替えの準備をしなければならない。

制服に着替えながら、鏡で身なりを確認する。目にとびこむのは、灰色の髪。色素が抜け落ちてから、染めたことはない。ここの生徒にならともかく、町中でさらすことはないのでオシャレにも無頓着《むとんちゃく》になった。教室に住みはじめて以来、切ってすらいない。

放った学生鞄《かばん》を拾って、縦長八畳ほどの自室をながめる。忘れものはないかを確認し、さあ登校だ。

ドアを開けると、目の前に教室が広がっている。教師はすでに教壇でチョークを握っている。ぎいいい、と戸の金具がこすれる音でみんながこっちを見てくるが、すぐになんでもないみたいに、視線がそれていく。

チョークの手をとめ、滝川《たきがわ》先生も呆《あき》れ顔を向けてくる。

「おい閉島《とじま》。閉島囲《かこい》。早く席につけ。まったく、誰よりも教室に近いやつが、誰よりも遅れてどうするんだ。何かマシな言い訳があるなら聞くが？」

「もちろんあります。先生、厳密にいえば私は誰よりも早くここに登校しているんです。ただ、授業が始まる前にパジャマで居眠りをしていただけで。アラームが鳴らずにあわてて、制服に着替えるのに手まどっていただけで。朝食に、時間が取られただけで」

「それを遅刻というんだ。マシという言葉を辞書で引いてから出直せ」

「部屋にありますけど、取ってきますか？　辞書」

「欠席にされる前に席につけ」

男子がひとり笑っただけで、まわりの生徒もほぼ無反応だった。いつものことだと、受け流し、呆れる。どうもすみませんと、へこへこ頭を下げながら私は席を目指す。

おはよう、と隣の席の女子に声をかけると、おはようございますと敬語が返ってきた。名前を覚えていないとはいえ、よそよそしい。でもまあ、仕方がない。思い当たる節がありすぎる。

一時間目は国語の授業だった。高校三年になって、いまだに滝川先生は生徒に音読をさせている。私の話し相手にもなるくらい、奇特なひとだ。

順番がちょうど私にまわってきて、立たされた。教科書を開き、目的の部分を読もうとしたところで、別の目的をもよおしてしまった。

「あの、滝川先生」

「なんだ？　部屋に忘れものか」

「朝のトイレに行ってもいいですか？」

恥ずかしさを隠すように、わざとらしく頭をかいてまわりを見回す。誰も私をまともに見ない。滝川先生もため息をついて、さっさといけと指を教室の外に向ける。

さて。もう一度言うと、私は教室に住んでいる。

「どんな詭弁《きべん》だよ。誰よりもまっ先に登校しているから、遅刻はしていないって」

授業の合間の休み時間、近づいてきたヒロが言った。最近染めたという金髪が恐ろしく似合っていない。クラスからの敬遠度でいえば彼のほうがうえだ。外見に中身が伴《ともな》っていないから、そういうことになる。

「事実を言っただけじゃん。あんただって笑ったくせに」

「笑ったんじゃない。横隔膜《おうかくまく》が偶然ふるえただけだ」

「どんな詭弁よ」

クラスのなかで唯一、まともに声をかけてくれるのが彼だった。安芸山《あきやま》ヒロとは二年目の付き合いになる。教師や伯母である理事長をのぞけば、私と会話をしてくれる数少ない相手だ。

この学校は、階層的に学年を分けることをしていない。ようするに、三階に三年生のクラス、二階に二年生クラス、一階は一年生というようなわかりやすい分け方をしていない。学年のクラスが設置される階は、すべて年度初めに、ランダムに決められる。たとえば二階に設置された一年A組の教室の隣に三年B組の教室がある、なんてことはしょっちゅうだ。学年同士の垣根をなくす。年齢で格差を表現しない。そんな理事長の思想が反映されたクラス決めだった。

ヒロとは彼が二年生のころに出会った。まわりが私の噂《うわさ》をききつけ、距離を置いているなかで、彼だけが対等に話してくれた。

顔を合わせればそらされ、話しかければよそよそしい敬語が返ってくる。同級生という認識は決して生まれなくて、学年も、年齢の格差も確かにそこにあり、それが私の目の前で溝をつくっていた。

だからヒロに話しかけられたとき、久々に自分が高校生であることを教えられた。

『閉島さん、教室に住んでるんだって？　ねえ、居心地ってどう？』

彼の第一声を思い出し、笑いがもれる。ヒロはすぐに察知して、なんだよ、と詰め寄ってくる。嬉《うれ》しい思い出だった、などとは恥ずかしくて死んでも言えないので、ごまかすことにした。

「あんたの髪が似合わなさすぎてさ。サルがバナナの皮をかぶっているみたい」

「そこまで言うか普通？　友達だって気をつかった顔で、それいいね、って肯定してくれるのに」

「あの、その、ええと……、サルがバナナの皮をかぶっているみたい」

「気をつかった顔で否定するな！」

ヒロは自分の髪をいじりながら、ふてくされる。

「なんだよ、囲の髪だって、その、なんだ。いや、なんでもないけどさ」

途中で私の髪の事情を思い出したのか、変に気をつかいだして萎縮《いしゅく》する。その様が可笑《おか》しくて、もう一度笑った。

授業や昼休み、放課後もたいていは彼といる。ヒロは自分の家の事情で帰宅するまでの時間をぎりぎり使って、この教室に残ってくれる。

「朝の続きだけど、なんで髪色なんて変えたの？」私が訊《き》いた。少しだけ躊躇《ちゅうちょ》して、そのあと彼は答えた。

「大人っぽく見えるため」

「子どもみたい」

「うるせえよ！」

ツッコみながら、ヒロは続ける。

「年上に見えれば、囲との距離も少しは近づくと思ったからだよ。少なくとも、離されることはないと思った」

「あのね……」

「おれはまだ諦めてないぞ」

ぐい、と顔を近づけて、睨《にら》んでくる。いやいや、それは恋をした相手に向ける目つきじゃないと思うのだけど。

「この前、私、しっかりフッたでしょ。なんで蒸し返すかな。せっかく空気読んで、何でもない風に会話してあげてたのに」

「そうやって、なかったことにされるよりはマシだ。おれは囲が好きなんだ。だから一緒に、卒業したい」

彼のこういう、ストレートに自分の感情を素直に言葉にしてぶつけてくるところが、いやらしい。聞いているこっちが恥ずかしくなって、だけどそれに、嬉しいと思ってしまう自分もさらけだされてしまうのが、嫌だ。そして彼も、こうやってストレートに想いをぶつければ、クールぶっている私がひるんで顔を赤らめることを知っている。知っていて、迫ってくる。だからいやらしい。

嬉しい反面、だけどすぐに現実の壁に触れ、その冷たさに体温が戻る。正気に戻る。

自然とぽつり、言葉が漏れた。

「無理だよ。何度も言ってるでしょ、私は教室を出られない」

「出ようとする努力はしてるのかよ」

睨むと、彼はすぐに反省の顔をした。その顔がさらに、私の胸をしめつけた。

帰ると言うので、ヒロを昇降口まで見送ることにした。校門の前まではギリギリ近づけるけど、体調的にあやしいので今日はひかえておいた。彼も承知して、別れ際、鞄のなかからプレゼントの箱をだしてきた。

「二十歳《はたち》の誕生日おめでとう。囲にプレゼント」

「あ、ありがとう。今年で十八歳のヒロくん」

照れ隠しにふざけて、プレゼントを受け取る。ああそうか、今日は私の誕生日だった。本当にいるんだな、自分の誕生日を忘れる人って。まさか自覚することになるとは思わなかった。

「中身はなに？」

「美容室で染めにいったときに買った髪留め。囲の写真みせて、オススメを美容師さんに紹介してもらった。彼女さんに似会いますよってさ」

「もう、勝手なこと言って」

「恥ずかしいから、教室に帰ってから開けろよな」

「あいあい」

じゃあねと手を振りあう。昇降口をでて、校門を抜ける彼を見つめる。曲がり、姿が消えるまで見送ったところで、私も歩きだす。

三階の廊下をつきあたった、一番奥の教室。ドアを開けると、ちょうど六時の部活終了を告げるチャイムが鳴った。よい子は帰る時間である。

2

一年半前。私の髪がまだ黒くてつやつやしていたとき。三年生の十月で、まわりは受験勉強まっさかりだった。

私の席は窓ぎわで、外の住宅地がよく見渡せた。住宅地の真ん中から煙があがっているのを最初に見つけたのも、私だった。指をさすと、当時のクラスメイトは授業中にもかかわらず、ぞくぞくと窓ぎわに集まって注視しはじめた。「やば、あれおれの家の方角じゃない？」「あたしは違うから平気だ、よかった〜」と、たちのぼる煙を見て、まわりは口ぐちにこぼしていく。煙があがっている場所は私の家の近くでもあったが、そんなひとは私以外にもけっこういて、だからみんながみんな、自分の家が燃えているなどとは考えもしなかった。自分の家が無傷だと、信じて疑わなかった。

「石焼きイモでも売りはじめたのかな？」

私がぼそっと冗談を言うと、まわりがどっと笑った。呆れた先生が手を叩き、みんなを席に戻す。煙はさらに勢いを増して、やがて消防車のサイレンの音が届いた。昼休みになることには鎮火したらしく、窓からもう煙は見えなくなっていた。

放課後まであと一時間。家に帰ったらまた受験勉強。お母さんにカップヌードルでも部屋に差し入れしてもらおうかな、と思っていたら、担任教師が教室にとびこんだ。

「閉島！」

走ってきたのか、息をきらしていた。こい、と手を振ってくるのでおそるおそる、先生の待つ廊下にでる。寸前、友達が「愛の告白じゃない？」と茶化してきた。苦笑い。

先生は両手を腰にまわし、どう切りだそうか悩んでいる様子だった。でも急がねばならなくて、そういう焦りも感じられた。

「お前の家が火災にあった。なかにいたご両親が、その……、病院に運ばれてる。警察の方もいまきていて、確認を、してもらいたいそうだ」

あげた口角が、だらんと垂れる。いまのいままで、ふざけて笑っていた自分は死んだ。先生の言葉を一生懸命、一言ずつ咀嚼《そしやく》する。何を言っていた。どんな内容だったか。聞き間違いではなかったか。

「か、確認って何を？」私は訊いた。

「いいから、下で警察の方が待ってる」

先生はうつむいて、それだけ応《こた》えて私を昇降口まで送った。校門の前で、隠れるように待っていたパトカーに乗って病院まで向かった。

遺体は見せられないと言われ、いくつか残っていたらしい手がかりを伝えられた。チェーン型の腕時計。花のつぼみの模様があしらわれている結婚指輪。さしていた金歯。瑠璃《るり》色のピアス。どれもお父さんとお母さんが身につけていたものだった。

気づくと私は友達の家にいて、客間にしかれた布団のなかで寝ていた。目のふちが、濡れて乾き、かぴかぴになっていた。お祖母《ばあ》ちゃんたちが病院にやってきて、そのまま私を引き取るつもりだったらしいが、私は「学校にいかないと」と答えたそうだ。それで友達のいくつかを当たった。

翌日、私は登校した。友達が何度も私をとめたが、聞かなかった。聞こえなかった。このときのことを、私ははっきり覚えていない。

授業を受けて、放課後になり、普通にいつも通り帰宅しようとした。教室をでて廊下を歩く。でもまって、自分はどこへ帰宅するのか。そう考えて、足がとまった。

とたんに胸が苦しくなった。どどん、と体のなかが震える。内臓のすべてが痙攣《けいれん》を起こしているみたいな気分だった。苦しさに耐えきれず、その場に倒れこんだ。どれだけ吸っても、酸素が肺に届かなかった。燃えている家のなかにいるみたいにあえいだ。

保健室に連れていかれ、そこで気絶し、起きたときには病院で、だけど私は、目覚めるたびに発作を起こした。

「何が欲しい？」と、医者に訊かれた。ネームプレートのところに『石塚《いしづか》』とあった。石塚さんの質問は的外れのように思えたが、実はそれが、私の望んでいた質問そのものだったことに気づいた。

何が欲しい。酸素か。いいや違う。私が欲していたことはほかにあった。

「教室に、戻りたい」

何度か意識を失い、私は教室に運ばれた。するとウソみたいに、私の発作はやんだ。本能がここにいることを求めていた。発作をおさめられる唯一の場所は、この教室だった。

こうして私は教室をでられなくなった。


「ご両親の死を、きみはまだ受けとめきれていないんだ。認めたくないから、何もかもを知る前に自分がいた、あの教室にとどまりたがっている。自分には帰る場所がないと不安になることで、発作が起きる。あの教室以外の居場所が見つからないかぎり、きみに下校はできない」

担当医の石塚さんは無愛想で、ひとを救うどころか殺していそうな顔のひとだったけど、説明はしっかりとしていて、胸にすとんと落ちるような回答だった。なるほど、確かにそうかもしれないとすぐに納得した。違う、そうじゃないと、駄々《だだ》をこねて自分をごまかすこともせずにすんだ。だけどできればそれは、教室に私の部屋が整備される前に欲しかった言葉だった。私の髪の色素が抜け落ちる前に欲しかった言葉だった。

この高校の理事長は、私のお母さんの姉だった。お金が大好きで、登美子《とみこ》というので、トミさんと呼んでいる。教室からでられない私に配慮して、トミさんは特例で教室を整備してくれた。

だから三階の廊下、一番奥にあるこの教室は、ほかの教室よりも少し狭い。四分の一のスペースが、壁で仕切られ私の部屋に改装されたからだ。

私は教室から出られないこの体質を、自分の名前からもじって『囲われ症候群』と名付けた。囲われ症候群は年があけた三月にも治らず、私はとうとう卒業できなかった。理事長のトミさんは私を留年扱いにして、教室での居住を継続させた。

四月に行われたクラス替え&教室替えでは、私の住むこの教室にあたった生徒はみんな、気まずい顔をした。一年間をほかの教室と比べて狭い場所で過ごすことと、何やらわけありの生徒が自分たちの背中、壁の向こうで暮らしていることに、抵抗を感じているのがほとんどだった。

　やってきたのは今年二年生になるクラスで、卒業を一度逃した私とは、二年も歳《とし》が離れている計算になる。気まずくなっても無理はない。何の抵抗もなく仲良く過ごせというほうが難しい。クラスに異質がひとりいて、昔読んだ絵本の、一匹だけ色が違う魚のようには簡単に認めてもらえなくて。敬語になるのも無理はなく、距離を置かれることだって当然だ。そう思っていた。ヒロが、私に話しかけてくるまでは。

「閉島さん、教室に住んでるんだって？　ねえ、居心地ってどう？」

　自分の名前を呼んでいたけど、自分に話しかけられてるとは最後まで信じられなくて、彼に肩を叩かれて、ようやく話しかけられたのだと気づいた。

「あ、うん。まあまあかな」

「部屋の内装とかってどうなってるの？」

「ベッドひとつと、ラック。勉強机に椅子《いす》。あとは、小さな冷蔵庫だけ」

「勉強机？　ここにもあるのに？」

　人前で、素で笑ったのは久々だった。毛先をパーマにさせていたそのときの彼は、年下であることを忘れるくらい、正直、かっこよくも見えた。

「どこやって生活してるの？　寝起きは部屋でしょ」

「うちの伯母の理事長室で飲食してるよ。少しくらいなら、教室をでても発作は起きなくなったから。トイレは教室をでて隣のところ。風呂はなくて、シャワーはプールのときにつかう更衣室を借りてる」

「へえ、すげえ」

ヒロはまわりが距離を取っている私に臆することなく、いつも話しかけてきた。むしろ彼はそうすることを好むタイプのひとだった。何気なく生きている一日から、半歩、ずれようとしている人間だった。

日々、会話をするなかで私は安芸山ヒロという男子を知っていった。そして私が彼のことを知る分、彼もまた、私のことを知ってくれた。知ろうとしてくれた。

「この前、私にあだ名がつけられてることに気づいた」

「へえ。どんな？　『魔女』とか？」

「『教室姫』よ」

「あはは！」

ヒロと知り合い、話していくうち、私の行動範囲も少しだけのびた。教室の外にでても、校内であれば一時間程度は出歩けるし、昇降口の外も、十分程度なら発作は起きない。

教室から遠ざかるにつれて活動時間は短くなるけど、それでも去年の自分よりはだいぶ、リハビリが進んでいた。

　二年生の終わりになって、彼が言った。

「面白いものが好きなんだ。物事ってさ、常に変化するだろ？　安定なんてきっとなくて、だから変化することにいちいち動揺して苛立《いらだ》つよりさ、自分から変化を見つけにいくくらいが、生きやすいと思うんだ」

　自分の日常が変化して、環境ががらりと変わったそのときの私には、とても新鮮な言葉だった。

「どういう生き方をしたら、そんな価値観を持つようになるのよ」おちょくるように私は言った。するとヒロは不思議な話をしてくれた。

「中学のときさ、同級生が失明したんだよ。そいつは同じクラスの女子に恋してて、訊いてみるとさ、その女子が視力をうばったっていうんだ」

「何それ」

「その女子は、自分に恋をする相手の視力を奪っていたんだ」

「……ごめん。聞きなおしてもよくわからなかった」

「とにかく、不可思議なことなんて世の中にあふれてるって話。常識からはみだしてるやつなんて、きっともっといる。囲の境遇なんて普通の範疇《はんちゅう》にはいるくらいのやつもいる。

でもそれは誰のせいでもなくて、何かが原因ってわけでもない。その気になれば幽霊のせいにだってできるし、妖怪を登場させてもいい。宇宙人だってありえるし、呪いだって可能性のひとつなんだ」

「……もしかして、励ましてくれてるの？」

はみだしものの私に、気にすることはないと。誰のせいでも何かのせいでもなくて、悔しがることも、恨むこともしなくていいと。

日常なんていくらでも変化するものだから、誰のせいでもないのだと。楽しんでみたら、どうなのかと。

ヒロは姿勢をただし、あらためて私に向かい合ってきた。

「囲の、教室に住んでいるっていう特殊な事情を知って、不謹慎かもしれないけど面白いと思った。おれ、特殊なものとか、ちょっと変わったものが好きだから、気になったのかもしれない。囲のことが気になって、話していくうちに好きになった。どんどん興味がわいてくるんだ。だから、その、一緒に」

「ごめんなさい」

「即決かよ！」

緊張していたのか、唇を震えさせたまま、彼は続ける。

「も、もうちょっと考えてくれたっていいじゃんか」

「ヒロといるのは確かに好きだよ。話していると面白いし、居心地いいし。だけど、ヒロが私と付き合うことはない。教室に住み続けている。この意味わかるでしょ？　私はもう、外にはでられない」

「でも、だって、お前……」

何かを言いかけて、そのままつぐんでしまった。微妙な雰囲気に耐えられなくなって、冗談まじりに、尋ねてみた。

「だいたい、私のどこが好きなの？」

「仕草。たちふるまい。あと顔。それと、胸とか。……お尻の形も悪くないし」

「死ね」

「冗談を言ってひとを笑わせて、お調子者のフリをするけど、たぶん内心は寂しがっているところ。本当は恥ずかしがり屋で、自分の本心をあまり口にしようとしないところ」

「思春期か私は」

合っているかどうかは別として、そこまで細かい回答が返ってきたことに内心、驚いていた。嬉しくもあったが、顔にはださないようにした。ださないようにしたところで、なるほど、こういう部分のことを言っているのかと、彼の説明に少し納得した。

「ねえ。告白は受けられないけど、ヒロの知っている面白いひとの話、もう少し聞きたいかも」

「ああいいぞ。昔、この学校にある女子がいたんだけど、その女子は誰の記憶にも残らなかったようで……」

おとぎ話でもするみたいに彼は語ってくれた。だけどどれもが、現実味のすごくある話だった。

告白をはさんだ男女には、少なからずその後の関係の変化が訪れる。男のほうが告白しようが、女がしようが、年齢がどれだけひらいていようが、関係なく訪れる。良い悪いは別として、彼の言う、変化のある人生の代表例だ。

ヒロが告白してきたのは、彼が進級し、クラス替えが行われる前日の日だった。このあとは教室も変わり、きっと顔も合わさなくなるかもしれない。否《いや》が応でも気まずくなり、ちょうどいいと言えばちょうどいい。そういう事情を見越しての告白だったのだろう、意外にしたたかなところが彼にはある。

卒業式に告白をする男子しかり、修学旅行中に告白する女子しかり、大きな変化の前後に、自分がもたらす変化をはさみこむことによって、その衝撃を緩和《かんわ》させようという働きがある。ひとによってはこれを青春という。

ところが私とヒロの思惑は大きく外れることになる。

二人とも、予想していなかった。三年生になり、クラス替えと教室替えが行われ、彼がまた、私の住む教室のクラスになることを。

開き直ったのか、ヒロは私に一緒に卒業して、受験をしようと誘いだした。それが最近のことである。

夜の十時になれば、教室はおろか、学校全体も真っ暗である。そんななかで、私の部屋のベッド横にあるスタンドライトだけが灯《とも》っている。図書室から借りてきて読んでいる本の内容も、字を追っているだけで頭に入ってこなかった。ここに住みはじめてからのことを回想しているうち、すっかりそちらに意識がいってしまっていた。

告白の前、彼が言っていた。

『安定なんてきっとなくて、だから変化することにいちいち動揺して苛立つよりさ、自分から変化を見つけにいくくらいが、生きやすいと思うんだ』

ヒロといて、居心地のよさを感じていた。彼に言ったことはないけど、恥ずかしくて、とても素直には言えないけど、異性としての彼も、正直嫌いじゃない。年齢なんて関係なくて、正面から私に向き合ってくれるのは彼だけだ。

彼にもらった誕生日プレゼントを思い出し、箱をあける。

中身は桜の髪留めだった。四月しか使えないじゃん、と内心でツッコむ。ちなみにいまはもう五月だ。

「進学か……」

一度は断ったけど。諦めようとしていたけど。

もし、許されるなら。

彼のそばにいられるなら。


「やっぱり目指してみようかな、受験」

翌日の朝、会うなりヒロに提案した。厳密に言うと、彼に提案する前に、最初に相談したのは伯母であり理事長でもあるトミさんだった。トミさんは私の後見人でもある。だから、大学進学についての相談は、やっぱり一番にするべきだと思った。

トミさんはこう応えた。

「姉妹はお互いにね、子供ができたときには約束をするものなの。もしものことがあったら、自分の子供をよろしくと」

「そういうものなんですか」

「その『よろしく』のなかには、もちろん大学進学のことも含まれてる。だから、任せなさい。あなたの面倒は見ると、あなたが生まれる前から約束を交わしていたから。安心して、行きたい大学を目指してね」

お母さんたちを亡くしてから、いままで、トミさんにはお世話になりっぱなしだった。泣きかけたことは誰にも内緒にしておく。

そうやってぜんぶが済んだあとで、朝、ヒロに報告した。彼はわかりやすく喜んで、飛び跳ねて、周囲の視線をくまなく集めた。四回叩いて、ようやく大人しくなった。ちなみにつけてみた桜の髪留めについては目がいっていないようだった。恥ずかしくなって、すぐに外した。

「頑張ろう、一緒に」ヒロが言った。

隠せていない笑顔を見て、こちらのほうが恥ずかしくなる。彼につられて、ついつい私のほうも、隠していたはずのものがあらわになっていく。表情も、感情も。ぜんぶが裸になって、だからこう思った。

来年こそ、教室から引っ越しができればいい。

3

一年半前、三年生の十月。受験勉強をしていた私は、このまま何事もなく大学に進学するものだと思っていた。あのときからとまっていた時間は、いま、再び受験勉強から動きだそうとしている。

勉強といっても、知識面だけでいえば、特に苦労をするとは思えなかった。私には一応、二年のアドバンテージがある。

一年半、ただ教室に設置された個室でぐうたらしていたわけではない。授業の範囲も基本は複習だし、暇と気まぐれがおきれば、習っていない範囲にまで手もだしていた。受験勉強を短距離走にたとえるひとがよくいる。ご多分にもれずたとえるなら、いまの私はゴールラインの手前でうろちょろしている存在だ。うっとうしいと思われかねない。

「問題は、受験会場までどう行くかよ。学校からでないことには、たどりつけない」

「とりあえず、髪をそめたらどうだ?」

放課後。いつもの雑談はせず、ヒロの勉強を見てやりながら、愚痴《ぐち》る。おちょくりが返ってきたので、教科書をまるめて叩いてやった。

「センター試験は来年の一月だし、それまでに克服できたらいいよな」

反省もせず、ひとごとのように応えるヒロ。そそのかしたのは誰だ。じーっと睨んでいると、叩かれる前に彼が弁解をはじめた。

「焦ることはないってことだよ。囲の症状は、心に作用される部分が大きいんだろ。逆にいえば心さえなんとかすればいい。余裕を持たないと、治るものも治らない」

「知った風なことを」

「石塚さんに聞いたことだからな」

「あんた、私の担当医と話したの？　よくもぬけぬけと。ちょっとは私に気をつかいなさいよ」

「たまたまだよ。用事のついでに訊いてみただけだ」

「なんの用事よ」

「母さんの見舞い」

「……あ、そう」

気をつかわなければいけないのは、私のほうだったようだ。

出会ってから何度か、彼の話のなかに、母親の存在がでてくることがあった。そのどれもが、あまり印象のいい話ではなく、最近に聞いた話では、ヒロの母親がお酒を飲み過ぎて倒れて入院したそうだ。見舞いとは、つまりそれのことだろう。

「まったく、信じられないよな。暴れればまわりからかまってもらえると思っているんだ。制御がきかない、コントロールもできない。あれを大人って言っていいのかよ」

こうなると、ヒロは少し厄介《やっかい》になる。

母親への愚痴がとまらなくなるのだ。恨みごとばかりを言って、じゃあ離れればいいじゃない、会話をしなければいいじゃない、と私が答えると、「そういうことじゃないんだよ」と呆れてくる。どうやら簡単なことではないらしい。だけど簡単なことではないのに、彼は簡単に母親の愚痴をもらす。そのちぐはぐさが、ヒロの隙《すき》だ。

「すべてに関与したがる。おれの成功があのひとの成功なんだよ。逆に何かやらかすと、自分の失敗みたいに狼狽《ろうばい》するんだ。父さんもあのひとを置いてでていったし。おれに押しつけたんだ。まあ、気持ちはわかるよ」

まるで邪魔ものみたいに。障害みたいに、母親を表現する。だけど心底嫌っているわけではきっとなくて、どうにかしたくて、どうにもできない自分に、きっとヒロは苛立っている。なるほど、確かに心に焦りは禁物だった。

「愚痴はいったんストップ。幸せが逃げていくよ」私が言った。シャーペンをつきつけて、彼に握らせる。無理やり教科書とノートに向き合わせる。

「幸せが逃げていくって、それってため息のことだろ?」

「ため息を言葉にしたのが愚痴よ」

「な、なるほど」

「とにかく私はどうしたらいいのよ。受験会場までの問題もあるし、だいたい、大学に入ったところで馴染《なじ》めるの?　来年には二十一歳よ?　大学三年生だっておかしくない歳じゃない。そもそも志望校だって決めてないし」

「幸せが逃げていくぞ」

落ち着きを取り戻したヒロが続ける。

「スピードなんて関係ない。だから遅くやってきたかなんて、影響しない。大学はきっと、特にそういう場所だと思うけどな」

「あんた、たまに私を年上だって忘れてない?」

「いまのいままで忘れてた」

教科書をまるめて叩こうとするが、よけられる。机といすをほっぽりだし、二人で教室中をかけまわる。廊下へ逃げださないあたりの、ぎりぎりの配慮が心地いい。けど叩くものは叩く。

ヒロの勉強につきあったあとは、図書室で情報収集。インターネットをつかって志望校を検索した。

私がここを出られたとしても、住む場所はあまり変えたくない。だからここから遠くない場所と、いまの学力に見合った大学。探してみると、ひとつだけあった。

「霧里《きりさと》大学。ここかな」

「じゃあ、おれもそこを目指す」

「ちょっとあんた」

「なんだよ」

「私に合わせるんじゃなくて、自分が行きたいところを選びなさいよ。大学ってきっと、そういう場所よ」意趣返しのつもりで言った。

だけど彼はけろっと答えてみせた。

「おれさ、ひとりで子供を育てているひとの支援ができるような仕事につきたいんだ。シングルファーザーやシングルマザー。仕事に家事に育児にって、ひとりじゃとても抱えきれないだろ。そういうひとたちを、もっと楽にできるような仕事。それにはここがいいと思うんだ。霧里大学の環境学科。な、ちゃんと行きたいところだろ？」

なんたることか。ぐうの音《ね》もでなかった。近さと学力だけで選んだ自分を見透かされないうちに、この話題を早く変えようと思った。

「ちなみに囲はどうしてこの大学を選んだんだ？」

　こいつめ。

「それは、その、大学の特色がいいから」

「本当は近いからとか、学力にある程度見合っているからとか、そういう普通の理由しかないんじゃないのか？」

「うるさいわね」

「もしかして囲のほうがおれのそばにいたくて、大学を合わせているんじゃないのか？」

「そんなわけないでしょ？」

「じゃあ聞かせてくれよ。囲は何がしたい？　この大学でどんなことが学びたい？」

「もうっ、許してよう！」

　意地悪に成功したヒロが、けらけらと笑う。

　こんな風に、一年の前半が過ぎていった。


　月に一回、理事長のトミさんが、部屋に必要な備品はないかと訊きにきてくれる。設置可能なものだあれば要望を採用してくれる。冷蔵庫がその例だ。冬はストーブもいれてくれた。

教室からでることを決めて、今月は備品の要望をださなかった。これ以上ものを増やさない。片づけていく。その意思表示は、トミさんにもしっかり伝わったようだった。

「あまり無理はしないようにね」

「ありがとうございます。じゃあ、ひとつだけいいですか？　扇風機が欲しいです。エアコンを取ってしまったから、どうしても暑くて」

「喜んで」

季節はすっかり夏だった。午前十時を過ぎているが、教室に生徒はひとりもいない。授業をはじめる教師すらもいない。なぜなら先週から、夏休みが始まっているからだ。

扇風機を持ってきてもらうまでの間、窓を開けて暑さをしのぐ。

開けた先から熱気をはらんだ風が吹いてきて不快だった。教室を一度でて、トイレの洗面台で顔を濡らした。戻ってまた窓ぎわに座ると、今度は風がとても涼しく感じた。

グラウンドから、野球部の練習する音が聞こえてくる。バットの快音。ミットにボールが当たる音。木々から葉がこすれる音と、セミの鳴き声。高校生活、五度目の夏は、そんな音をゆったり拾える余裕にあふれていた。

学校をでるリハビリもしていた。教室をでて、廊下を歩き、校内をめぐる。昇降口から校舎の外へ。校門が近づくと動悸が激しくなる。暑さのせいだと言い聞かせてもだめで、体が発作を起こそうとかまえるのがわかる。焦らず、ゆっくりやろうと思った。少しずつでいい、教室からでている時間を増やそう。

ヒロも毎日のように学校にきていた。補習と受験勉強のためにと言っているが、かならず私の教室にもやってくる。新発売だというガリガリ君のメロンパン味をお土産に、私の横に座ってくる。雑談を交わして、それからは勉強だ。

「なあ、囲の部屋でやろうぜ」

「何言ってんの。誰もいないんだから教室で十分よ。せっかく広いのに」

「狭いほうがいいよ。一個の机で二人肩を並べてさ」

「真面目にやれ」

「なんでだよ。夏くらい、いいじゃんか。友達みんなデートとかしてるんだぜ。おれも囲と思春期っぽいことがしたい。主にキスがしたい」

「受精卵からやりなおせ」

叩く。図に乗らせると、ベッドにまで侵入してきそうだからあぶない。二年生のころ、一度実際にそれがあって追いだすのに苦労した。うかつに部屋にあげることはしない。それは理事長との約束でもある。私に本来なら、ここにいてはいけない存在だ。だから出過ぎたマネはしない。

「ここを卒業してからでいいでしょ」

ぼそっと言ったつもりだったが、しっかりとヒロの耳には届いていたらしく、また露骨に喜ばれるのが腹立たしかった。

告白を断っているのだから、恋人関係ではない。だけどヒロはしきりに、デートやキスなど、彼氏彼女にからめた話をしてくる。それが嫌なら注意すればいいが、徹底してそれができていない自分も確かにいる。この関係はなんだろう。卒業したときに、ここからでられたときに、それもはっきりするのだろう。

受験勉強対策に、私は新聞を読んでいた。ヒロから可能なかぎり、毎日もってきてもらっている。歴史の科目では、時事問題もでるときく。こればっかりは情報収集をしないと対策できない。

新聞のおおきな見出しに、『今夜、しぶんぎ座流星群』とあった。

夜空の写真と、流星群が見られる地域を地図として載せている。私たちが住んでいる地域も入っていた。

「これ、流星群、見にいこうぜ！」

新聞をふんだくってヒロが言った。こいつはとにかく、どんなきっかけでも受験勉強のリフレッシュがしたいらしい。

「どこで見るのよ」

「ここで見ればいいじゃん。学校の屋上でさ」

「鍵がかかってる」

「教室姫の権限で、もらってきてよ」

「うわあ図々《ずうずう》しい」

で、もらいにきた。理事長室の前に立っている自分がいた。

なぜだ。いつの間にかヒロの口車にのせられていた。本当に自分は彼の年上なのだろうかと疑問がわく。

理事長室のドアを叩く。すぐにトミさんの返事があって、なかにはいる。流星群を見たいと伝えると、快《こころよ》くカギを渡してくれた。

「正解だったわ」トミさんが言った。

「何がですか?」

「安芸山ヒロくん。あなたのことが気になっているのを知っていたから、三年生の進級時に、あなたのいる教室のクラスにしておいたの。いい刺激になってるみたいね」

照れ隠しのために、ノーコメントをつらぬいた。まったく。まったくまったく。

理事長室を後にしようとしたところで、入れ違いに教頭先生が入ってきた。このひとが、私のことをあまりよく思っていないことは知っていた。扉をしめて、去るフリをしてなかの会話を盗み聞きした。

「いいんですか。閉島囲」と、教頭先生の声。

「何がです？」

「定期的に部屋を改装しているそうじゃないですか。備品を増やしたり。いまだってそうだ、勝手に屋上のカギも渡して。教室どころか、もはや学校全体が彼女の家のようじゃないですか。いくら親族だからって、ひいきしすぎでは？」

どきりとする。外にでてもいないのに、呼吸が荒くなる。自分のことを責めている人間が確かにいることを改めて知り、体の内側が痛む。きしむ。

少しして、トミさんが応えた。

「夏休みになっても遊びにいけず、花火大会にもプールにも祭りにも友達といけない彼女に、屋上へ少し散歩させてあげることが、そんなに罪でしょうか？　せまい教室の小部屋に閉じ込められて、必死にもがいているあの子を気にかけることが、そんなに悪いことでしょうか？」

教頭先生からの返事はない。

トミさんが続けた。

「ちなみに閉島さんは今年度、この学校から卒業しようとしています。必死に戦っています。それを指導者であるわたしたちが応援せず、誰が助けてやれますか？　ちなみにわたしは、誰の子であっても、どんな生徒でも、同じ境遇にあっていれば同じ対応をします。格差を生ませないのがこの学校の校風です。理不尽と向き合うのは、社会にでてからでもいい。ここにいる間はせめて、羽を広げさせてあげたい。何かほかにご意見は？」

答えはなかった。あきらめて帰ろうとしたのか、教頭先生の足音が近づいてくる。私は走って逃げた。自分の部屋がある教室へ。ヒロが待っている教室へ。

走って戻ってきた私に驚いたヒロが、何事かと駆けよってくる。その胸にもたれかかるようにして、私はつぶやく。自分に、言い聞かせるように。

「私、ここからでるよ」

「……ああ」

その夜に見た流星群を忘れない。何十分でも、何時間でも見てられて、時間を忘れる感動がそこにあった。事実、その日の私はいつもよりも長く、教室の外にいた。いつの間にか、ヒロとは手をつないでいた。

頭上の星が、暗闇《くらやみ》を駆ける。

4

ヒロが志望校を変えると言いだした。

それは彼の母親からの言葉が影響していた。もっと驚いたのは、少なからずそれに、私がショックを受けていたことだった。

「勘違いするなよ。変えるんじゃなくて、増やすだけだ。囲と同じ大学ももちろん受ける。どうしてもというから、断れなかった。だけどおれ、あのひとの言いなりにはならない。建前だよ。一応でも安心させるために、受けるだけだ」

「ふうん、そっか」

「先週も腕を切って入院したよ。階段から落ちたんだって言ってたけど、絶対にわざとだ。おれを縛っておきたいんだ」

先週を思い出す。ちょうど、ヒロが学校を休んでいたときだった。三日間だけ休んだのだ。夏休み明けで怠《なま》けているのだと教師は呆れていたが、裏の理由があったらしい。ずっと、母親のそばにいた。

「だからさ、追加で違う範囲の勉強も教えてくれない？」

母親から薦《すす》められた大学は、霧里大学よりも難易度が高いらしく、自然、傾向と対策も増える。ヒロが万が一、そっちの大学を選んだ場合、彼はこの町を引っ越すことになる。場所は九州だった。ここ東京から、どれほど離れているのだろう。

「仕方ないな。じゃあ一応、教えられる範囲は」

学校に復帰してからヒロはまた、毎日放課後に残って勉強をした。雑談も夏休み前より少なくなって、彼は本当に集中しているみたいだった。

リハビリがてら、ヒロを校門まで見送る。道のむこうに消えるまで、しっかりと。外にいられる時間も増えていて、順調であると自分に言い聞かせた。お父さんやお母さんのことを忘れることはないけれど、いま、私の心を満たしているのは、もう両親のことだけではなかった。

だけどひとつの変化に慣れてきたとき、ようやく対応できたと思ったときこそ、次の変化が訪れる。

秋も深まってきた日のことだった。ヒロを見送ったあと、教室に戻って自室にはいり、たまには息抜きでマンガを読んでいると、トミさんが駆けこんできた。

「安芸山くんが、帰宅途中に事故にあったって。病院に運ばれて、それで……」

「それでねん挫《ざ》だけで済むって、なんなの？　奇跡なのかバカなのか、よくわかんないんだけど」

『あはは！　奇跡だったわ。おれもびっくりしたよ。ぶつかったのは軽トラックだったんだけどさ、運転手の兄ちゃんがすぐに病院に運んでくれたおかげかな』

電話口でも元気なのが伝わってくる。

恥ずかしい。一瞬でも、悪い想像をした自分を殴ってやりたい。誰かの身を案じて、ここまで自分を乱したのは久しぶりだった。

「それで、首はもう平気なの？」

訊いたが、彼からの返事がなかった。病院の電話を借りていると言うが、もしかしたら私の携帯の電波が悪いのか。もう一度、言いなおそうとしたところで応えがあった。

『ああ。もう大丈夫。軽く寝ちがえたほうがまだ痛いくらいだよ。明日からまた学校にいって、勉強だな。なんだかいま、人生で一番勉強している気がするよ』

「あんたが今日勉強したことは道に気をつけて歩くことよ」

『ははっ。あ、悪い。あのひとがそろそろ来るから。切るな。病室にいなかったら怒られる。それとさ、囲』

「なによ」

『病室って窮屈《きゅうくつ》だわ。ずっと同じ部屋で過ごしている囲の気持ちが、ほんの少しだけわかったかもしれない。じゃあな』

「じゃあね。早く戻ってこい、ばか」

そして宣言通り、翌日からヒロはけろっとした表情で学校にきた。事故にあったことを誰にも悟られないような過ごし方をしていた。本当に心配して損をしたと思った。

騒動の秋が終わり。

受験の追いこみ、冬がやってくる。

5

霧里大学の模試を受けた。最近はネットで受験ができるので、どこかに出向かなくてもすむ。いまだに私が校門をでていないことを不安材料からのぞけば、霧里大学の合格率は九十パーセントと、安全ラインにいた。

ヒロは霧里が七十五で、母親から薦められたほうが七十だった。去年まで、「シミュレーション」を「シュミレーション」と言い間違えていたアホにしては、よくやったほうだと思う。ちなみに、「シミュレーションは趣味《シュミ》じゃない」と覚えれば早い。

くだらない雑談をしながら、勉強の手は休めない。二つの作業を同時に進めるコツを、私たちは会得していた。

「なあ囲、愛と恋の違いはなんだと思う？」

「付き合っているか結婚しているか」

「付き合っているひとと結婚しているひとの違いは？」

「ものごとを共有しているかしていないか」

「……ああ、なるほど」

「付き合っているときは、お互いに持っているものを見せあう期間。結婚はそれらを共有する期間」

「高校にながく住み続けていると、そういう考え方が浮かぶのな」

何気ない雑談だ。そのはずなのに、近ごろの彼には、どこか言葉にトゲを含ませているような節があった。厳密にいえば、秋ごろから。彼の言葉に、神経をちくりと刺激されることが増えていた。

どうしても気になって、冬休みに入る前日に、それとなく訊いてみることにした。今日をのがせば、もしかしたら会う日が遠ざかるかもしれないと思ったからだ。変な気持ちで、ここで年を越したくはなかった。

「ねえ、ヒロ、最近なんかあった?」

「んー。別に」

ヒロは受験対策の赤本から目を離さない。

「もしかして、クリスマスの話? 出かけられないこと、まだスネてんの? 私だって外出はしたいけど、まだできないから、しょうがないじゃん。ケーキはここで食べるから、持ってきてよ」

「わかってるよ。そんなことじゃないって」

尻尾をつかんだ。

私は聞き逃さなかった。

「そんなことじゃない、ってことは、何かはあるんだ?」

ねえ、と詰め寄る。めずらしく、ヒロのほうからうっとうしい顔をされる。体をすりよらせて、どうせなら胸も押しつけてやろうか迷っていると、「わかったから!」と観念してくれた。まいったか。

ヒロは話をはじめた。

「模試の判定をあのひとにのぞかれた。合格率七十パーセントなら、十分狙えるって言われた」

霧里大学ではない、彼のもうひとつの志望校。母親から薦められたその大学は、九州にある。東京から通える距離ではないから、必然的に彼は引っ越しをすることになる。母親と、ともに。

「それで、どうするの……？　ヒロはどっちを選ぶの？」

「そこだよ。おれが聞きたいのは、そこだ」

私を責めるような口調だった。どういうことかわからなかった。何より彼は、意味もなくひとを責めたり、八つ当たりするようなひとじゃない。私に何があるというのか。

「聞きたいって、なによ。選ぶのはヒロじゃない」

「なあ、囲は本当に受験をする気はあるのか」

「そのために頑張ってるつもりだけど」

椅子から立ち、私に近づいてくる。

「センター試験まであとどれくらいか知ってるか？」

「一カ月ぐらい」

応えて、さらに続ける。

「私だって頑張ってる。毎日リハビリだってしてる。間にあわせたいと思ってるわよ」

「じゃあ、どうして！」

ヒロの叫び声が、教室に響く。ぐわんぐわんと、脳を揺らす。彼の本物の怒りをはじめてみた。ためこんでいた不安が、焦りが、爆発しているのがわかった。そしてそれはヒロだけじゃない。不安を、焦りを抱いているのは、私も同じだった。

彼はとうとう、こう言った。

「どうしてお前は、出られないなんて嘘《うそ》をつく？」

嘘。

嘘だ。嘘に決まっている。

違うの。

「本当はとっくに出られるんだろう？　どうしてそれを、隠すんだ」

「な、なんで出られるなんて言いきれるのよ。あんたは私が校門から出ていったところでも見たの？」

「囲、おれが事故にあって病院に運ばれた日、電話をしてきたろ？」

「それがなに」

「お前、まっさきにおれの首の心配をしたんだよ。まだどうやって怪我《けが》をしたのかも話していないのに。誰にも知られていないはずなのに、どうしておれが首をねんざしたってわかったんだ?」

　ヒロは続ける。

「普通、病院って携帯は使えないんだ。特に重傷を負って入院している患者、とかは。だけど囲は知ってた。おれが軽い怪我ですんで、待合室で携帯をいじっていることを知っていた」

「……あんたに電話をかける前に、病院に電話して、看護師に訊いたのよ、それで」

　ああ。もう。

　自分で言っていて、支離滅裂なことがわかる、この瞬間がたまらなく嫌いだ。ダダをこねる子どもと大差がない。余裕が失われて、どこを見てしゃべればいいかもわからなくなって。

「理事長先生に囲のことを聞いた。あの日、校門から走っていったお前を確かに見たと言ってたよ」

　違う。

　私は教室にとらわれている。

　囲われ症候群で、教室に住んでいて。

　お母さんやお父さんのことが頭から離れなくて。それで、それから。

浮遊して、どこかに飛んでいきかけた意識を、彼の言葉が戻した。そうだった、彼はまだ目の前にいる。離してはいけない。離れてほしくない。

「お前、病院にきてたんだろ。看護師におれの病態を聞いたんだろ。安心して帰ろうと思ったら、待合室におれがやってきて、座るところを見たんだろ。隠れて、見えないところで、おれに電話をかけたんだろ。近くにいたのに、バレないように」

「あの日だけだったのよ！　たまたま、無我夢中で走ったら、外にでられたの」

「一度出られたんなら、もう出られるはずだ。石塚さんは言っていたじゃないか。囲の居場所がないという不安が、ここにとどめさせてるって。出られたんなら、それが解消されたってことだろ」

口を開きかけて、言葉がでなかった。ヒロは私の言葉を待つのを諦めて、さらに続けた。

「たとえそうじゃなかったとしても、あの日に出られたことを、どうしておれに教えてくれなかったんだよ。どうして隠すようなマネをしたんだ。おれは、うぬぼれかもしれないけど、囲が外に出られたとき、真っ先に報告してくれる相手は、おれだと思ってた。隠されるだなんて、思ってもいなかった」

「お、驚かせたかったから。試験当日に」

「適当なこと言わないでくれ」

「……ごめんなさい」

言いたい。何かを言いたい。本当は伝えたいことがたくさんあるはずなのに、でてこない。言葉が、でてこない。

うつむいているうちに、彼が片づけを済ませた。教科書やノート、赤本、ぜんぶをしまって去ろうとしていた。教室を出ようとしていた。待って、とかすれた声がでた。彼はとまらずに出ていってしまった。

またひとり、今日もこの教室に取り残される。羽は癒《い》えて、いつでも飛べるのに、カゴのなかを出ようとしない。

彼の事故をききつけて、昇降口をでて、校門を抜けたとき、思わず立ち止まった。動悸も発作も起きない自分がそこにいた。

驚いた。戸惑った。混乱した。こんなにあっさり出られるものなのかと。あれだけの歳月がかかっていたのに、毎日のように苦労していたのに、いとも簡単に出られたのかと。

お母さんやお父さんのことはいまでも頭から離れない。失ったショックは心にある。だけどそこに、お母さんやお父さん以外に、心にとめておく存在が最近は増えていた。それは知っていた。

その存在が、いつの間にお母さんたちよりも大きくなっていたことに、気づかなかった。

心をしめる割合が、彼のほうが大きくなっていて、だから外にでることができた。ヒロのことを考えている間、私は外にでられた。

ヒロに出られることを隠した。病院について、待合室にいる彼を見て、すぐに駆けよらなかった。隠れてしまった。その理由を私は言わなかった。言えなかった。私自身が、まだ完全に整理しきれていなかった。次に会えたとき、それを伝えられたらいいと思った。伝えなきゃいけないと思った。

だけど冬休みになってから、彼が教室にくることは一度もなかった。


休みがあけてからも、ヒロと話をすることはなかった。受験にそなえる生徒は自宅学習を許可されていた。一日だけヒロが学校にきたけど、目を合わせてくれず、声もかけられなかった。途中で早退して、私は部屋にこもった。

センター試験当日は雪が降った。私は教室の窓からずっとそれを眺めていた。

私はセンター試験に行かなかった。

今年も私は受験を逃した。彼と一緒に学校をでて、同じ大学に進むという目標も、とうとうついえた。

6

この学校の卒業式は毎年、三月の初めに行われる。大学進学を決めている生徒からすれば、四月の入学式から数えて、それまでの猶予《ゆうよ》が一カ月もあることになる。友達もそこそこいて、有意義な学校生活を送ってきた生徒がまずすることは、旅行の計画を立てることである。

卒業式までが自由登校期間になり、それでもわざわざ学校に、教室にやってくる生徒はこの計画を立てるために集まっている。授業もほとんど中身のないもので、消化試合をこなす選手のように、教壇にたつ教師も終始リラックスしている。授業の合間の休み時間はとてつもなくうるさい。教室がファーストフード店みたいになる。男子も女子も、生みだした未来にはしゃぎ、大学生になる準備を進める。

最近の私はどうしていたかというと、授業にも休み時間にも顔をださず、自分の部屋にこもりきりだった。存在をひそめて、ただじっとしていた。二年前、ここに閉じこもっていた最初のころを思い出す。結局、私はあのときから何ひとつ変わっていない。

ヒロも学校にきていない。彼のいない教室が、こんなに他人行儀で、恐ろしい場所だとは思ってもいなかった。ずっとヒロのいた教室で過ごしてきたから、その違和感をどうしてもぬぐえなかった。彼がいなくなったのではなく、私がまったく違う高校の、まったく違う教室にきてしまったのではないかとすら錯覚する。

騒々しい教室も、建前上の授業がおわり、放課後になるととたんに静かになる。ぽつんと、一人取り残される寂しさが、普段以上に感じられた。

無音の教室に、ドアの開く音が響いて、あわてて外にでた。理事長のトミさんで、取り乱した自分を恥じる。トミさんは驚いて、そのあと、申し訳ない顔に変わる。私が期待していた人物に想像がついたのだろう。

「部屋、はいってもいい？」

「トミさんならいつでも」

縦長で八畳ほどのスペース、二人もはいれば窮屈で、すれ違うにも苦労するほどの狭さになった。トミさんは部屋に置かれた備品を一つひとつ、眺めていく。ベッド。金属ラック。目ざまし時計。小さな本棚と、机にいす。姿見。冷蔵庫。電気ケトル。ストーブ。最低限、ひとに迷惑をかけないように過ごしている人間の、居住スペース。

「ごめんなさいトミさん。来年も、ここでお世話になるかもしれません」

こくりと、決して怒ることなくトミさんはうなずく。好きなときまで居ていいと言う。

やさしい。どこまでもやさしい。そのやさしさが、とても、痛い。

トミさんが、自分の座るベッドの横をぽんぽんと叩くので、従うように座った。何を話せばいいかわからなくて、自分ののびた髪を撫《な》でる。灰色の髪。色素を失った髪。時間のとまった髪。受験に受かり、進学し、ここをでるときには染めようと思っていた髪。

「安芸山くん、卒業式には出られないそうよ。母親に薦められていた九州の大学に進むために、引っ越しの作業があるんですって、飛行機で発《た》つのがちょうどその日みたい」

「……そうですか」

ヒロ、受かったんだ。ここから卒業するんだ。

「ねえ、どうしてセンター試験を受けなかったの？」

トミさんも知っている。もう私が外に出られることを。わかっていて、訊いている。今度こそ、どんな質問でもはぐらかさないで、答えたい。

どうして試験を受けにいかなかったのか。

どうしてヒロに報告しなかったのか。

隠そうと思ったのか。

その真実を。

「最初は、まっさきに報告しようと思ったんです。ヒロが聞いたら喜ぶだろうなって。目の前に姿をあらわしたら、どんな顔をするだろうかって。でも、母親に薦められた大学も受けるという彼の言葉を聞いて、怖くなりました」

「怖くなった？」

「ヒロはいつも母親のことをひどく言うけど、なんだかんだで大事に思っていて、お見舞いにもちゃんと行っている。だからヒロが結局、九州の大学を選んで、私と違う道に進んでしまうんじゃないかって。同じ大学を受けることは、ないんじゃないかって」

そしたら私は、またひとりだ。

ヒロが私の居場所だった。

彼が同じ大学を受けると言ってくれたとき、うれしかった。すごくうれしかった。顔にはだすまいと、必死にこらえた。

流星群を屋上で見たとき、つないだ手を忘れない。あの手が、離れてしまうのが怖かった。教室のなかで浮いていた私に声をかけてくれた。誰よりも遅く進む私に、歩幅を合わせてくれた。

ヒロとなら、隣に歩いてくれるひとがいるのなら、進める気がした。だけど彼には母親の存在がある。それが何より大きくて、信頼が、希望が、ゆらいだ。

「それを安芸山くんには言ったの？」

私は首を振る。

気づけば涙がでていて、シーツを強くつかんでいて、どうしようもなく、悔しさがこみあげてくる。

「あのとき、素直に言えばよかった。行かないでほしいって。私と同じ大学を受けてほしいって。わがままでも、自分勝手でも、本心を伝えればよかった。次に会ったときには、言おうと思ってたんです。でも、距離がつかめなくて、ながめているうちに、どんどん、遠くにいって……」

こらえきれず、声をあげて泣いた。トミさんが抱いてくれた。お母さんの温かさを感じた。そばでお父さんが、頭を撫でてくれているような気がした。

時間をかけて、気持ちを落ち着かせた。

「ひとつ教えてあげる」

トミさんが言う。

「安芸山くんは霧里大学にも受かっていたわ。教えてくれたの。ねえ、この意味がわかる？　彼はあなたと同じ大学も、受験していたのよ」

うつむいていた顔があがる。その事実に、ふるえる。

冬休み前の争いのあと、彼はセンター試験を受けた。母親に薦められていた大学と、そして私と決めた大学に。二つとも、受けていたんだ。私に見切りをつけず、受けてくれていたんだ。センター試験に受かって、二次試験も突破して、合格していたんだ。信じて待っていてくれたんだ。

どうする。私はまた泣くのか。

違う。もう違う。

私はもう、自分の居場所を、失いたくない。

「トミさん。ごめんなさい。やっぱり私、卒業したいです」

「志望大学にも受かっていないのに?」

「はい」

「安芸山くんは九州の大学に合格して、引っ越しの準備を進めているのに?」

「はい。ここをでてからの住むところもぜんぜん決まっていないけど、卒業したいです」

トミさんと目を合わせる。決してそらさない。彼女の瞳に、お母さんの面影を見る。それと向き合う。逃げずに向き合う。変化を、受け入れる。

「わかった」

トミさんがやさしい笑みを向けてくる。それからいたずらっぽく、こう言った。

「でもひとつだに条件があるの」

「なんですか」

「卒業式に、みんなの前でスピーチをしてちょうだい。この学校を去ることを、わたしにだけじゃなくて、みんなに伝えるの。一分でも、十秒でもいいから、みんなの前に立って、言葉を聞かせてちょうだい」

「わかりました。よろこんで」

全校生徒の前で、証明してみせる。

もう、教室姫などとは呼ばせない。

7

卒業式当日は、いつもよりも早く、生徒たちが教室に集まってくる。私も着替えて部屋をでる。ドアを開けて姿をだしても誰も気にとめない。今日でここともおさらばだからと、みんなが思っている。私も、思っている。

全員分の机に、式でつけるためのコサージュが用意されていた。私の机にも、ちゃんとそれが乗っていた。つけているところを数人に見られて、ひそひそ話が始まった。

時間になってクラスごとに並んで体育館に向かう。教室から平然とでる。発作は起きない。途中で私は列からそれて、体育館の裏からはいり、舞台袖《そで》に待機する。

壇上に少しだけ上がり、厚くて重い幕をそっと開けて、体育館の様子を見る。みっちりと、生徒やその親が詰まっていた。全員が私を見ることになる。

学校生活、最後のチャイムが鳴って、全員が静まりかえる。最初に理事長が挨拶《あいさつ》をして、それから私の番だった。

「それからみなさん、もう名前は御存じかと思いますが、閉島囲さんからの挨拶がありまず。彼女は教室を間借りして、そこにつくった部屋で暮らしていました。そんな彼女からメッセージです。今回は特別に壇上に立っていただきます」

理事長の挨拶がいつの間にか終わって、交代の合図がかかる。トミさんが下がるのと同時に、私は壇上に上がり、進んでいく。

「ありがとう。それから、がんばりなさい」

すれ違いざまにもらった、感謝の言葉。それから勇気がわいた。トミさんは、私がいまからしようとしていることに、うすうす気づいているのだろう。

私は全校生徒を見下ろす。みんな自分を見ている。注目されない理由がない。逃れる場所はどこにもない。だけど大丈夫。できる。

スカートのポケットから、書き起こした原稿用紙を取りだす。深呼吸をしてから、口を開いた。

「こんにちは、閉島囲です。いまの私の住所はこの学校にあります。二年前、両親を火事で亡くしました。そのときの後遺症で、教室からでられなくなりました。医者が言うには、私は外にでることを恐れているそうです。両親のいない外にでられないのだといいます」

メッセージは簡潔に。伝えたいことはたくさんあったけど、こうして原稿にして書いたけど、あいにく時間は限られていた。

「理事長のトミさんが教室に私の部屋をつくってくれました。学校側に許可を得るため頑張ってくれたのを知っています。保護者説明会を開いて、生徒や親御さんにも理解を求めようとしてくれたことも知っています。一部の先生が私に否定的な感情を抱いていたことも知っています。私の部屋がある教室にきた生徒は、みんな複雑そうな顔をします。いろんなひとに迷惑をかけて、助けられて、呆れられて、けどやっぱり救われてきました」

体育館の出入り口付近にかけられた時計を見る。時間が迫っていた。仕方がない。もう少し話していたかったけど、タイムオーバー。

ため息をつき、次の瞬間には私は原稿をやぶった。体育館中が、どよめく。このあとにはきっと悲鳴を聞くことになる。

「いまの私には、両親と同じくらい大切なものができました。だからもう、閉じこもりません。教室暮らしは終わりです。いまからそれを、証明します」

壇上から、走り、勢いよく飛び降りる。案の定、一番前の列にいた生徒たちが悲鳴をあげる。男子はおお、と感嘆の声をだす。スカートがめくれたか何かしたのだろう。知ったことか。

そのまま、あいた通路を一直線に走る。卒業生はここから退場するのだ。開いた出入口をまっすぐ目指す。

途中でちらりと横を見る。理事長のトミさんが壁にもたれかかり、腕をくんで笑っていた。いってこい、と言われた気がした。

体育館をでて日の射す地面を走る。このときのために、こっそり靴に履き替えておいた。背中のほうで、ぞろぞろとひとの動く音がした。みんな身をのりだして、体育館から私を見ているのだろう。

校門にさしかかる。因縁の場所。私を閉じこめ続けてきた場所。見えないハードルがあるみたいに、私はそこでジャンプをした。着地するころには、もう校門の外だった。

動悸はない。発作も起きない。

いまの私の心にあるのは、ヒロだから。

駅について、電車を乗り継ぎ空港へ。道を歩く主婦と、連れている犬に感動した。電車のなかの人ごみに感動した。教室のイス以外のものに、久々に座った。流れる景色に感動した。世界がとても広かった。広いからこそ、つながっていたい。

空港について、国内線のターミナルをめざす。キャリーケースやお土産の袋をかかえている人々のなかで、私だけが手ぶらの制服、しかも胸にはコサージュ。それから何より、灰色の髪。ひと目を引くなというほうが難しい。

九州便があるのは35番ゲート。そこについて、まわりを見回す。ヒロの姿はない。間にあわなかったのだろうか。もう、行ってしまったのだろうか。もっと早くでればよかったろうか。

「ひ、ひろっ」

名前を叫ぼうとするが、人ごみにかき消される。誰もが目的を持って進んでいる中で、私だけが立ち止まり、宙に浮く。彼の名前を呼び続けて。

諦めたくない。

まだ諦めたくない。

ふと目についたのが、窓口案内のカウンターだった。その横に、迷子お預かり所という小さなスペースがある。直感で走る。なりふりかまってられなかった。

　窓口の女性に体当たりする勢いで尋ねる。

「すみません！　ひとを探しているんです」

「は、はい。わかりました。お子さんの特徴をお聞きします」

　女性がメモを取りはじめる。お子さんだと断定してきたので、嘘でもいいからそれに合わせることにする。

「安芸山ヒロという名前のひとです。男です」

「小学生ですか？」

「五歳児です！」

　女性がすぐにアナウンスを流してくれた。

『お客様に迷子のお知らせです。安芸山ヒロくん五歳。安芸山ヒロくん五歳。知り合いの閉島囲さんがお待ちです。金髪の男の子です。ご本人様か、近くでお見かけの方は、誘導し、九州便35番ゲート近くの案内窓口までお願いいたします』

　同じアナウンスを、もう一度繰り返してくれた。

　五分待っても、十分たたずんでいても、彼はあらわれなかった。アナウンスが届かない、別の場所にいる可能性はないだろうか。そう考えて、去りかけたそのときだった。

「誰が五歳児だ！」

背中からのツッコミ。振り返ると、ヒロがいた。キャリーケースとリュックサックを背負って、いままさに、出発しようとしている彼がいた。

全身の力が抜ける。崩れ落ちるのを必死にこらえて、ふんばって、彼のもとへ近づく。

「ヒロ……」

「ちょっとあなた！」

彼の背後から、とつぜん女性があらわれる。ヒロの母親だとすぐにわかった。持っているキャリーケースも彼と同じ種類だった。

「あなたがヒロを呼びだしたせいで、こっちは飛行機に乗り遅れたのよ！　どうしてくれるの、忙しいのに！　向こうでは引っ越し作業がひかえていて、ただでさえこっちは気苦労して……」

「黙ってくれ！」ヒロが叫ぶと、母親はしぶしぶ口を閉じた。隙が見つかれば、すぐにでもまた会話にはさまってやろうという意思を感じた。

ヒロが私を見つめてくる。

「呼びだしたのは、別れを言うため？　見送りにでもきてくれたのか？」

「違う。そばにいてもらうため。呼びもどすためにきたの」

私は言った。今度こそ、言った。

「あなた何を言ってるの？」

母親が口をはさんできた。見た目は良い意味で存在感が薄くて、無害にみえるようなひとなのに、その声だけは大きくて、とても迫力がある。

「呼びもどすだなんて正気？　ヒロは来月から九州の大学に通うことになっているの」

ぎりぎりで感情をおさえ、懸命に、言葉にしてくる。

「ヒロが自分で選んだ道よ。ヒロが自分の成長のために、自分の意思でつかんだ道なの。それをあなたは邪魔するの？　あなた、ヒロの恋人かなにか？　だったら応援するべきなんじゃないの？」

私はずっと囚《とら》われてきた。お母さんとお父さんの影に。とつぜんいなくなった二人を恨むことだってあった。いつだって心を、二人が占めていた。

忘れないことは悪いことじゃない。けれど、思い出すのに適切な距離は、きっとある。

そして親という存在にとらわれてきたのは、きっと私だけじゃない。

ヒロだってそうだった。もがいて、あがいていた。

だから私は、彼に魅かれたのかもしれない。

「お母さん。ヒロくんは、私のことが好きです」

言い切った。

ヒロのお母さんは口を開けたまま固まり、肝心のヒロは顔を真っ赤にしていた。

「そして私も、ヒロのことが好きです」

私は言う。

「ヒロが遠くにいってしまうんじゃないかって、言いだせなかった。恥ずかしくて、いつもの教室じゃとても言えなかった。だからここで言う。お願い、私のそばにいて。来年、もう一度受験する。だから霧里大学で、私を待っていて」

頭を下げる。灰色の髪が垂れる。どんなに未熟な私でも、誰よりもみじめな私でも。

年齢は関係なくて、スピードも関係ない。

彼の教えてくれたことだから、彼の前で、それをしめす。

「お願いします。私の居場所に、なってくれませんか?」

本心だった。これで伝わらなくても、おかしな話だけど、後悔はなかった。自分の居場所を勝ち取るために、動けた自分が、いまは誇らしい。きっともし、彼がそれでも九州を選んでも、私は教室に戻ることはないだろう。すがすがしくて、だから私は、彼に笑顔を見せた。彼のために笑ってみせた。

ヒロは母親のほうに向きなおり、言った。

「おれ、霧里大学に進みたい」

「……あなた、何言ってるの」

「入学金もまだ支払っていないよね。もしよければ、それを霧里大学のために使ってほしい。だめなら、自分で稼いだバイト代で、なんとかするよ」

母親が猛抗議をはじめる。私の存在などもう眼中に入っていないようで、ヒロだけを見て叫びつづけていた。それは彼と彼の母親にしかわからない内容の会話だった。途中で母親は、ヒロにすがりつくように、服を握りはじめる。

「お願いよ。ねえお願い。ヒロのためなのよ。あたしがどれだけヒロに尽くしたと思ってるの。いつだってあなたのために考えてやってきた」

「違うよ」

ヒロが言った。

「あんたが九州の大学を選んだのは、むこうに父さんがいるからだ。父さんにもう一度会うために、九州に行こうとしているんだ。おれのためじゃない。もしもおれのためを思ってくれるなら、霧里を選ばせてほしい」

母親の、服を握っていた力が弱くなったのを見た。ヒロは真実をついたのだとわかった。

「親子って強い縁で結ばれてるだろ。そういう強い絆《きずな》にあるからこそ、離れてお互いにとられないでいたい。頼むよ、母さん」

母さん、とヒロは言った。あのひと、とか、あいつ、とか、ヒロが母親を呼ぶときは、いつもそんな言葉しか使っていなかった。彼の口から、母親を呼んだのを久々に聞いた。

ヒロは母親に背を向けて、私の手を取って歩きだした。一度振り返ると、ひざをついて座りこんでいる姿があった。それを見て、思わず彼に訊いてしまった。

「ねえ、本当によかったの？」

「何言ってんだ。囲がおれを迎えにきたんだろ。もうやっちまったんだから、気にしてもしょうがないだろ」

「そうだけど……」

ヒロが私の手を離す。

「これでよかったんだよ。おれと母さんは、ああいう別れ方を、一度しておくべきなんだ。それともなんだよ、成功するとは思ってなかったか？　信頼されてないんだな」

「違うってば」

「だいたい、なんでもっと前に言ってくれないんだよ」

「さっきも話したじゃん。恥ずかしかったんだってば……」

最後のほうが、尻すぼみになるように、小さな言葉になった。ヒロはため息をついた。

再び歩きだす。

目的地をめざして、めまぐるしく周囲をゆきかう人たちのなかに、私たちも混ざっていた。一員となっていた。

「なあ、キスしていい？」ヒロが言った。

「なんでそうなるのよ」

「気分だから」

ため息で返してやった。空港をでてからね、とぼそっとつぶやいてやった。彼からの返事はなく、少しの沈黙があって、お互いに我慢できず、とうとう噴きだした。気が済むまで、私たちはずっと笑っていた。

8

受験までの一年間、トミさんの家でお世話になった。お父さんとお母さんの遺産からこっそり家賃分をいただいているから、気にしなくていいと言ってくれた。

ヒロは一人暮らしを始めた。九州にいった母親がお金を工面してくれたらしい。離れていても、ちゃんと親子だった。母親から向けられる愛はまだほんの少し過剰なようで、彼の部屋は無駄に広かった。

受験までの間には、いろんなアルバイトも経験してみた。たくさんの価値観を持っているひとたちのことを知って、最後には居場所であるヒロのもとに帰ってくる。一人暮らしの彼の部屋は、教室にあった私の部屋と同じ匂いがする。

季節はめぐり、一年後の四月。私は今日から通うキャンパスの門の前にいた。スーツを着て、入学式が行われる記念講堂をめざす。

「案内しようか?」

背後から声がかかって、肩の力が抜ける。

「入学早々、あらてのナンパですか?」

「こうやって声をかけておけば、ほかの男は遠慮してよってこないだろ」

一年前と比べて、体も少しだけ大きくなったヒロ。内面でもたくましくなっていて、それに支えられることが大きかった一年だった。

歩きながら、ヒロがじろじろと私を見てくる。スーツ姿がそんなにめずらしいのか。それともほかに気になるところでもあるのか。

「髪、染めなかったんだ?」

「醜《みにく》くても私だからね」

灰色のままの髪を撫でる。

「おかげで髪留めが似合ってる」彼が言った。

「四月くらいしか使えないから、つけてやってんの」

一昨年、私の誕生日にくれた桜の髪留めをつけてきた。今度のヒロは、ちゃんと気づいてくれた。

「あ、そうだ。明日、部屋に私の荷物が届くことになってるからね」

「はいよ。もうスペースはつくってあるよ」

「狭いとか言って文句たれないでよね。そっちが誘ってきたんだからね」

「ベッドはひとつでもよかったんじゃないか？」

「露骨な下心をもう少しまともに隠せるようになってからよ」

こづいてやると、きしし、と彼が笑う。頬《ほお》をなでる春の風が心地よくて、私もつられてにやけるのをおさえる。隠すために、わざと愚痴をこぼすことにする。

「あーあ。今年でもう二十二歳だよ。いくら浪人しているひとがいたとしても、さすがに私くらいの歳のひとは少ないだろうな。また浮くのかなぁ。はみだしてるよな。年下のあんたが二年生で、私のほうが一年生っていうのも、なんだかなぁ」

「そんなの、心配ねえよ」

だって、と次にくる言葉を予想する。

そっと笑顔で、重なるように、私も自分の声をのせた。

「スピードは関係ないから」


手をつないで、またここから、歩きだす。

きみとつながるサテライト

1

彼氏の荘太郎《そうたろう》がこん睡状態になって一カ月が過ぎた。彼が目覚めるといまだに信じているのは、わたしと彼の家族くらいだった。

高校が終わって毎日、わたしは彼の入院先へ向かう。降りるはずの家のそばのバス停から四つ先が病院だ。ちなみに荘太郎を轢《ひ》いたのは、わたしが乗っているのと同じ会社のバスだ。

どんくさいというか、図太いというか、無神経というか、昔からよくそんなことを言われる。自分から見れば感情を爆発させている回数はもっとあるはずなのに、「きみはいつもボーっとしているね」、と荘太郎にはよく頭を撫《な》でられていた。中学の担任教師には、思春期真っ盛りの頭から、大そうな野望や夢を抜いたのがお前だ、と卒業時に言われた。何気に傷ついた。

病院につき、受付で見舞いにきた旨《むね》を伝える。看護師のひとりが応対し、その奥で暇そうな二人がこそこそ会話していた。耳はいいほうで、それだけはよく褒められる。「またきてる」「健気よね」「高校生カップルだよね、いいよね」「私たちが彼の下の世話をしてるって聞いたら、どんな顔するんだろ」

あはは。こんな顔だ。耳がよくて損をした。

病室のある三階をめざす。不思議なフロアの構造をしていて、エレベーターを降りると、まず看護師や医師が待機するカウンタースペースがある。そこから四つの廊下が放射上にのびている。ちなみに各廊下の病室には、３１９と、３２８、３３７号室が存在しない。お見舞いを始めてから、どうしてだろうとずっと考えている。

荘太郎の病室は３２０号室。廊下の一番奥で、番号が抜けた病室の隣だ。返事があるわけでもないのに、わたしは毎回、ノックをして入る。

戸を開けると、個室でただひとり、彼が眠っている。呼吸器がつけられ、ベッドの横では機械が一定のリズムで音を鳴らしている。カシュ、カシュ、と稼働しているポンプが上下し、彼に酸素を送りつづける。腕につながれたチューブは、点滴台につながっている。たくさんの機械がつけられた彼を見ると、彼までもが機械に思えてくる。

荘太郎のそばにパイプ椅子《いす》を持ってきて座る。何をすることもなく、ただそばにいる。

窓ぎわの棚に飾られている花の種類が変わっていた。たぶん、荘太郎の家族がやったものだ。わたしが飾って、そのままにしてあったのに呆《あき》れて交換したのだろうか。いつも花を買っていこうとは思うのだけど、忘れてしまう。荘太郎が大事ではない、というわけでは決してなくて、むしろ放課後は彼のことばかりが浮かぶ。早くこの病室に来なければという使命感にかられる。だから、花が、抜ける。

窓を眺めると、誰かの住宅の屋根が見える。電線に鳥がとまらないかと期待するが、一向にやってこない。少しだけ眠くなって、座っている姿勢がつらくなる。

病室に誰もやってこないことを確認して、彼の胸にもたれた。機械が送りだす酸素で、肺が膨らんでいるのがわかる。とくん、とくん、と心臓の音が聞こえる。わたしは耳がいいから、小さければ小さい音ほど、それを拾いあげる傾向にある。心臓の音は、とても拾いやすい音だった。

耳を澄《す》ます。

どんな音でも拾えるように、耳を澄ます。

だけど、どれだけ集中してみても。

きみの声は聞こえない。

どんくさくて、図太くて、無神経。ようするにわたしは空気が読めない。

みんなと話しながら歩いている最中、何もない平坦な廊下で転びかければ、呆れられるか、笑われる。傷つかないだろうと思ってかけた言葉でも、相手の顔が青ざめるのを何度も見てきた。

だけど荘太郎といると、そんな自分のことを恥ずかしいと思わずにすんだ。素の自分でいられた。会話の呼吸や笑うタイミング、コップに入った飲み物を口につけてテーブルに下ろすタイミングまで、ぜんぶ同じだった。やさしくて、気が利いた。相手に気を遣わせていると悟られない、うまい気の遣い方を荘太郎はする。一緒にいると居心地がよくて、それは荘太郎も同じだったみたいで、だから彼と付き合えることになった。

初めて荘太郎の部屋にあがったときの感想は「イカくさい」だった。大笑いされて、そのあとげんこつを食らった。

付き合って一年が経《た》って、彼の部屋に遊びにいくことも増えた。その日のわたしも、すっかり自分の家にいるみたいな気分だった。寝転がりながら、漫画を読んでいた。

「アイスが食べたいな」わたしが言った。

わたしの太もものあたりから、そうっとスカートをめくりはじめる荘太郎の手をはたく。手をさすりながら、荘太郎が応《こた》える。

「パピコならあったかな」

「違う違う。ガリガリ君が食べたいの」

「それはないなぁ」

「買ってきてよ」

面倒くさそうに、だけど出かける準備をしようか迷っている彼が可笑《おか》しい。

「もうすぐ冬だよ?」

「冬だから食べたいの。口のなかを氷河期にしたいの。ちなみにわたしは、夏にはすき焼きを食べる派」

空気を読めないわたしを笑う。笑いながら、頭をくしゃくしゃと撫でてくる。

「もー、髪型くずれるじゃんか」

「天然パーマなのに?」

「天パでもこだわりがあるの。毛先の角度とか」

嘘《うそ》である。むしろ天然パーマを理由に、髪の手入れをさぼってすらいる。髪を伸ばしてみたいと考えたこともあったけど、どうしてもパーマの壁がわたしを阻むのであきらめた。肩までかかるくらいが、ぎりぎりだ。

そうやってわたしをからかったあと、荘太郎はアイスを買いにでていった。それきり戻ってこなくなるだなんて、思いもしなかった。彼が交通事故にあったとき、わたしは彼の家でのんきに漫画を読んでいた。

悪い予感がするとか、不吉な気配がしたとか、そんなものは一切なかった。空気が読めないし、ほんとに、どんくさい。

次に会ったときは、病院のベッドだった。彼の家族とともに医者に呼びだされて、そのひとはこう言った。

「目が覚めることは、もうないでしょう」


目が覚める。時計を見ると、面会終了時間まで十分を切っていた。よだれが垂れて、彼の病院着に染みていた。やばやば。

起きて、自分の髪を撫でる。夢のなかで、彼に髪を撫でられていたような気がした。記憶にすがるように、撫でる。撫でる。撫ですぎて、数本、黒い毛が抜けた。毛先が分かれている。相当傷んでいた。

「外は十一月だよ。荘太郎の言っていた冬がくるよ」

声をかけるが、とうぜん返事はない。イスから立ちあがり、片づけて部屋をでようとする。戸に手をかけたところで、携帯が振動した。普段なら無視をするところだったが、着信の振動でも、ほかのＳＮＳメッセージの着信の仕方でもなくて、おやと思った。

携帯を見るとメールが一件はいっていた。ＳＮＳですべて済ませるから、いまどきメールなどめったにこない。サイトのメルマガにも登録した覚えはないし、この携帯にメールがくる理由が不思議だった。開くと、送信者の名前が『賀川《かがわ》荘太郎』となっていて、携帯を落としかけた。

あわてて彼の眠っているほうを振り向く。荘太郎は微動だにしていない。機械の音が聞こえるだけで、彼自身が動いて布がこすれる音もしない。もちろん携帯を操作している様子もない。でもここに、このメールの送信者に、彼の名前がある。

メールにはこうあった。

『いびきをかいていたよ。少し重かった』

ありえない。彼が打ったもののはずがない。信じてはいけない。信じたい、と思ってはいけない。

何かのいたずらだろうか。彼の携帯を操作して、わたしが寝ている間にこの部屋に侵入して、このメールを打ったのだろうか。

違う。彼の携帯はとっくになくなっているはずだ。事故のとき、ひしゃげて使いものにならなくなったと聞いている。だからそもそも、彼の携帯から、このアドレスから、メールがくること自体がおかしくて。

なら。

それじゃあ。

固まっていると、戸が開いて看護師があらわれた。びくりと体が跳ねる。

「面会時間、終了です」

「……あ、はい」

再び歩きだそうとすると、次のメールがきた。看護師を無視して携帯を見る。荘太郎からだった。

『冬がきているなら、厚着をして、風邪をひかないように。きみの声が聞こえた』

きみの声が聞こえた。

さっき、わたしがつぶやいた言葉への反応。

「荘太郎！」

叫び、彼のもとへ駆けよろうとした。わたしが取り乱したのだと勘違いした看護師が、体をおさえてくる。取り乱している？　確かに取り乱している。だけど、そうじゃない。そういうことじゃない。明らかにしたいことが、あるだけなんだ。

「いやだ、はなしてください！」

「面会時間は終了です。落ち着いてください！　今日は帰ってください」

部屋のまわりの備品をいろいろ蹴飛ばしてもがくが、力が足りず、部屋から放りだされてしまう。一切を遮断するように、ぴしゃりと、戸が閉まる。このむこうに、彼がいる。いま、一番近くに荘太郎がいる。

携帯が震えた。メールの着信。この奇跡を離すものかと、握りしめた。

『明日また、ゆっくり』

起きて家を飛びだし、学校とは反対方向のバスにのる。面会時間の開始と同時に病院にはいり、受付を済ませる。看護師たちのひそひそ声も、耳には入ってこない。

もっと大事なものを、聞くために。

三階の320号室をめざす。目の前について一度、深呼吸をした。そっと戸を開けて、声をかける。

「……荘太郎?」

聞こえてくるのは、機械の音だけ。何かを測定し、報告してくる音だけ。ポンプが肺に酸素を送り込む、さびしい音だけ。

荘太郎は眠ったままだ。動くそぶりも、何かを動かそうとする気配もない。急に不安になる。抱いていた期待が焦りに変わる。熱湯に水をそそいだみたいに、気分が急変する。絶望が足をつかみ、引き倒そうとする気配を感じた。昨日のは幻想だったのだろうか。一日限りの奇跡だったのだろうか。

彼との通信はもう、途絶えてしまったのだろうか。

携帯が震えて、あわてて手に取る。取りだした拍子に落としてしまい、自分のどんくささに腹が立つ。確認すると、大丈夫、どこにもヒビは入っていなかった。

無事な液晶画面にうつるのは、メール着信の文字。賀川荘太郎という、彼の名前。

『おはよう。早いね。たぶんいまは朝でしょ？　学校はどうしたの？』

ああ、と息がもれる。

腰の力が抜けそうになるのを、必死にこらえる。体をくの字に曲げて、涙があふれないように、叫ばないように、必死にこらえる。ここで暴れてしまえば、また看護師に追い返されてしまうだろう。落ち着いてから、携帯の画面と眠る彼を交互に見て、会話を進める。

「荘太郎、本当によかった。生きてるんだ。聞こえるんだ」

『聞こえる。ちゃんと聞こえる。ところでいまは朝？　学校は？』

「荘太郎のところにくるのが先に決まってるでしょ。朝で、平日のど真ん中だよ。サボってきたの。ねえ、どうしてこんなことがっ」

『わからない。けど、考えて、伝えようとするとメールが飛んだ。ねえ、ところでお願いがある』

「なに？　何でも言って。遠慮しないで。わたしにできることなら、何でもする」

もう足手まといは嫌だ。きみに支えられた分、今度はわたしが支える。奇跡が起こり、いまはこうして、メールを通して会話もできる。こんなに嬉《うれ》しいことはない。荘太郎を一番近くに感じる。もう、離してやらないんだから。そんな気持ちでいた。

だから返ってきたメールに、きょとんとした。

『ちゃんと学校に行ってください』

2

荘太郎とのコミュニケーションのなかで、いくつかわかったことがある。荘太郎は考えたことをメールにして携帯に送ることができる。わたしに送りたいと願えば、そのとおりになる。

「喉《のど》は渇かないの？　お腹《なか》もすかない？」

『うん、渇かない。すかない。意識だけで話している感覚だ。でもいま、音葉《おとは》が僕の手をつぶさんばかりに握っていることはわかる。痛い』

あわてて離す。すぐ熱中しすぎる、どんくさい。

いまの彼にあるのは、触覚と聴覚の二つ。わたしは声で彼のメッセージに反応することにしているが、面白いことに、メールの文字で返信してもメッセージは伝わる。ならばと、ためしに家に帰ってからメールを送ってみたが、返信はなかった。コミュニケーションがとれるのは、彼の意識電波（わたし命名）が届く範囲内だけで、それはつまり、あの病室のなかだけだった。

こん睡状態のなかで、かろうじてとれるコミュニケーション。急に奇跡が起こったのは、彼の容態が良くなっている兆候なのか、それとも。

「ねえ荘太郎、このことをお医者さんに教えたほうがよくない？　助けてもらえるかも」

『余計な混乱を起こしたくないし、いいよ。理解してもらえるかも不明だ』

「やってみなくちゃわからないじゃない」

『トリックか何かだって、きっと信じてくれない。きみが精神を疑われて、医者に面会禁止にさせられてしまうことが心配だ。いまはなにより』

メールがそこで途切れる。意思だけで送信しているからか、たまにこういうことが起こる。続いてすぐにメールがくる。

『いまはなにより、音葉と一緒にいたい』

彼と会話ができるようになり、それはわたしのひそかな楽しみで。

もう学校で起こったことをひとりでつぶやいて、報告するさびしさもないんだと。

ちゃんと返事してくれる、目の前に荘太郎がいることが、嬉しかった。

そしてできればと願う。

もっと、もっと、と、ひとは欲をだす。どうでもいいけど、争いがなくならないのは、悲劇がなくならないのは、貧しいと感じるのは、きっとこの「もっと」を、みんなが持っているからだ。

わたしのいまの「もっと」は、彼が目覚めて、わたしに触れてほしいということだった。彼がもし見てくれるなら、この天然パーマのぼさぼさの髪も直して、とびきりのオシャレをしてみたい。それから褒めてほしい。可愛《かわい》いね、と、髪をくしゃっと撫でてほしい。

それから町にでかける。観《み》たいと二人で話していた映画はもう始まっている。アニメーション映画で、異例のロングラン公開らしく、いまならまだ間にあう。

「……ねえ、まだ、起きられない？」

『うん、起きようとはしてるんだ。けど、起きかけたところで何か巨大な力が、僕を押し倒す。ごめんね』

ほら、謝らせてしまった。

何も悪くない彼を。

もっと、と欲した無神経なわたしが、傷つけてしまった。支えるはずのわたしが、彼に気を遣わせた。

話題を変えるために、くだらない話をすることにした。

「昼休みはね、友達の真紀子《まきこ》ちゃんがイチゴミルクをこぼして大騒ぎしたんだよ。で、モーッ！　と叫んでたの」

『上手いね。牛とかけたんだ』

「近くにいた友達が、ギュウギュウ詰めになって床を拭いてたよ。こぼした真紀子ちゃん本人はチチとして動かなかった」

『それは大変だ』

わたしのはさんだダジャレは、どうやらスルーのようだった。寒すぎたのだろうか。と思っていたら、少しの間があいて返事があった。

『まあ、ジュースとの出会いも、イチゴ一会《いちえ》だからさ』

「…………」

荘太郎がダジャレを言った……。

いままで一度もふざけたことなかったのに。

しかもわたしより下手じゃないか。

こらえきれず、大笑いした。病院にいるのも関係なかった。荘太郎の部屋に遊びにいって、いつもみたいに談笑している気分だった。

『いまのは忘れてくれ』

微動だにしない体。閉じたままの目。ついた呼吸器。いまだに彼は起き上がってこないけど、意識だけは、恥ずかしがっているのがわかった。こん睡状態のなかでみた、彼の新しい一面だった。

別れ際、わたしたちはいつもの挨拶《あいさつ》をする。

「じゃあね。今日もいい日だった」

『明日も好きだよ』

付き合っていたときもやっていた、軽い遊びだ。合い言葉のようなもの。やり取りができるようになって、挨拶も再開した。

今日もいい日だった。

明日も好きだよ。

一方通行だったコミュニケーションが、何かのはずみでつながって、彼との通信はいまだ順調に、途絶えない。

「ご両親には伝えたの？　会話ができること」

『まだ、言っていない。あのひとたちはきっと大騒ぎするから。タイミングを見てるよ』

メールが続く。

『そもそも、あんまり携帯を使わないひとたちだから、病院にくるとき持ってきているかも怪しいしね』

「わたし、伝えようか？」

『できる？　笑』

「う……」

荘太郎がこうなってから、まだ一度も、彼の両親とは話せていない。話していないということは、きっと、話したくないということだと思ってしまう。もともとあの日、彼を外に送りだしたのはわたしだ。アイスを食べたいと言ったわたしのわがままが、彼と事故を引きあわせた。恨まれても、仕方がないと思う。恨まれていないと、おかしいとすら思ってしまう。そんな胸中を、彼も察してくれている。

『大丈夫、気にしないで。あんまりサテライトを増やしても僕の負担だしね』

「サテライト？」

『衛星だよ。人工衛星の意味でも使われるけど。僕がメッセージを送る携帯電話のことを、勝手にそう呼んでる。携帯は、僕と誰かのコミュニケーションを仲介してくれる人工衛星だ。だからサテライト』

人工衛星。サテライト。自分の手元にある携帯電話をながめて、その言葉を吟味《ぎんみ》する。するると自分の携帯が、特別なもののように思えてくる。彼との会話を仲介する、大事な人工衛星。

面会時間いっぱい、今日もギリギリまで彼と会話する。本当は朝から来たいくらいだけど、彼がそれを許してくれない。精密な体内時計を持っているようで、学校をさぼって来ても、この前みたいにすぐにバレてしまう。

「そういえばこの病院、いくつか病室の番号が抜けているところがあるの。確か、ええと、319と、328、337号室。この隣も飛んで318号室になってるし。どうしてだと思う？」

少しの間があって、答えが返ってきた。

『13っていう数字は不吉だからね。病院側も、避けようとしたんじゃないかな？』

「13？　確かに不吉な数字って聞いたことあるけど、それが？」

意味がつかめず、答えの前で思考が渋滞していると、メールが続いた。

『さすがに足し算や引き算、掛け算でなんでも組み合わせちゃうと数字遊びになっちゃうし、キリがないから、足し算だけで考えたんだろうね』

なるほど、と手を打った。３１９も、３２８も、３３７も、ぜんぶ足すと、13になる。それが不吉を思わせるから、病室は存在しないのだ。そういえばここは、三階からいきなり五階にエレベーターが飛ぶ。13と同じ理由かもしれない。４が不吉だから。

それなら、とわたしは考えてしまう。本来埋まるはずだった３１９号室の場所にある病室はいま、この３２０号室じゃないかと。不幸が一番溜まる場所なのではないかと。

『考えすぎだよ』

見透かされたようなメールがきた。こん睡状態でも、荘太郎は荘太郎だった。

『縁起が悪いというだけだ。それに音葉を不幸にはしない』

どうして言い切れるの？

そう言おうとしたときだった。

戸がノックされて、返事をする間もなく、誰かが開けてあらわれる。荘太郎の家族かと思ったが、そうではなかった。

背の高い男子で、同い年くらい。髪は短く、夏ごろに刈ったものが、ぐんぐん生え始めているような勢いがある。荘太郎に比べると、体がとてもがっしりとしている。彼をつかって木登り（体登り？）する自分の姿を、つい想像してしまう。

のそりと、彼は何ものにもとらわれないようなペースでゆっくりと歩いてくる。わたしに気づき、一度目が合う。去るかと思っていたら、そのままやってきた。彼は片手に携帯電話を持っていた。

「きたぞ」彼が言う。

「この子か？　紹介したいって言っていたの」

携帯が鳴る。マナーモードではなく、音が鳴る。わたしのなかの彼の評価が、勝手に少しだけ下がった。

続いてわたしのほうにもメールがきた。

『泉《いずみ》公助《こうすけ》。僕の友達だ。世界中の人間が敵になっても、彼はきっと僕の味方でいてくれる、そんな男だよ』

わたしがそれを読みあげると、泉くんが鼻で笑った。

「ベーブ・ルースがお前を嫌ったら、おれはお前の敵になるけどな」

「ベーブ……？」

荘太郎が答えてくれた。

『野球の偉人だよ。いまは天国でホームランをかっ飛ばしているんじゃないかな。泉は野球部なんだ。今年は県大会の準決勝まで進んだ。甲子園《こうしえん》まであと二つだったんだ。だからいまは傷心中。二という数字に過剰反応するから、気をつけて』

なるほど。

試してみることにした。

「今年もあと二カ月もしないうちに終わるね」

「そこ別に二カ月じゃなくてもよくない⁉　一カ月と少しとかでもいいよね！　なんで二カ月とか言うかな！」

過剰反応だった。

「面会時間もあと二十分くらいかな」

「そこ十五分でよくない⁉」

ちょっと面白かった。

去り際、荘太郎は、わたしと泉くんに『よろしくね』と送ってきた。泉くんがいる手前、声にはださず、メールで『今日もいい日だった』と送る。しっかり、『明日も好きだよ』と返ってきた。

流れでわたしと泉くんは一緒に帰ることになった。偶然、降りるバス停も同じだった。彼に話を訊いた。高校は別になったが、小・中学校は同じクラスだったのだという。

「高校にはいってから可愛い彼女ができたって大喜びしてたんだよ、あいつ」

「大喜びかぁ。あんまり想像できないな。わたし、泉くんのことも聞かなかったし」

「誇れる友達でもなかったんだろ」

荘太郎は彼のことを親友だと言った。そんなひとのことを一年も、わたしに隠していたという事実が驚きで。隠されていたという事実が少しショックで。それは単に、話すきっかけやタイミングがなかっただけなのかもしれないけど、何かいろいろ、疑いを持ってしまう。このひとが、本当に彼の親友なのかどうかも。

会話がはずみ、わたしは高校生になってからの荘太郎のことを、泉くんは小・中学校時代の彼のことを話してくれた。そして荘太郎の言うとおり、彼は本当に甲子園まで、あと少しだったらしい。

「味方の外野がさ、何でもないフライをキャッチしそこねたんだよ。それで試合終了。逆転負けだ」

「そのひとのこと、恨んでる？」

野球の大会。正直、野球自体のルールをわたしはあまりよく知らない。自分が恐ろしく向いていないスポーツであるということくらいしか知らない。けど、大会。それは戦いである以上、負ければきっと死を意味するものだ。

　自分を死においやったそのひとのことを、恨んでいてもおかしくない。

　だけど泉くんは、「いいや」とはっきり答えた。

「大会が終わったあとそいつのことをさ、無視する風潮が部内であったんだ。でも、そういうのよくないだろ。だからおれはそいつのそばにいた」

「そしたら？」

「おれも一緒にハブられた」

「……」

　それでも彼は、そのひとを恨んでいないという。

　なんだろう。このとき、はっきりと、彼は荘太郎の親友であるとわかった。

　きっと、誰よりも誇れる友達だったんだろう。

「おれ、転校しようか悩んでてさ。だって味方ひとりに責任を押しつける、そんなチームが、甲子園にいけるわけないだろ？」

　そこで荘太郎に相談しようと思ったのだという。ところが、事故にあったことを知り、あわててかけつけた。

こん睡状態の彼を見つけ、そこで電波を拾った。

「すごいよな。こんなことってないよな。あいつって昔からやさしくてさ、自己犠牲がすごいっていうか。そういう恩みたいなのが、いまになって返ってきたんだよな」

十字路になり、そこでお別れになった。わたしたちは連絡先を交換した。

「夜の十二時くらいに連絡できたらいいね」

「そこ別に十一時でもよくない⁉」

からかったつもりだったのだが、その夜、彼から本当に十一時に連絡がきた。内容はこうだった。

『今日は楽しかった。ところで今度、観たい映画がやるんだ』

おや、と思う。次のメッセージがくる。

『夏の甲子園も来年までないし、気晴らしに、観に行かないか？』

「………………」

これってもしかして、デートの誘い？

泉くんはわたしが荘太郎と付き合っていることを知っている。だけどあれは、デートの誘いだった。いや、もしかしたらわたしの単なる思い込みで、本当に気晴らしのつもりであくまで友達同士として誘ってくれたのかもしれない。

そもそも、出会いから何から突然だった。初めて会って、その日のうちに遊びの誘いだ。泉くんはそういうタイプなのだろうか。軽い気持ちで女子に近づき、もてあました欲求や何やらを、でたらめにぶつけてくるような人間なのだろうか。荘太郎が親友だと認めたひとなのに？

何か変だとは思ったが、決定的な何かがつかめずにいた。

結局、わたしはすぐには誘いを受けなかった。普通の遊びの誘いかもしれないのに、「考えさせて」などと仰仰《ぎょうぎょう》しい返事をしてしまった。考えていると、本当にわたしが過剰反応しているだけに思えてくる。どんくさいわたしが、ここまで逆に反応している様子からすると、そのリアクションこそがどんくさいものなのではないかと勘ぐってしまう。

とりあえず、荘太郎に報告することにした。報告というより相談だ。荘太郎なら、迷っているわたしにビシッと言ってくれると思った。

行くな、とはっきり答えてくれれば応じるつもりだった。むしろそう言ってもらいたかった。言ってもらえると楽だった。荘太郎の言葉は、わたしの道しるべになる。そう思っていた。

『行ってくればいい』

返ってきたメールを見て、戸惑った。

『泉はいいやつだし面白い。きっと退屈はしないと思う』

目の前の、こん睡状態の荘太郎は今日も体を動かさない。だけど言葉はとまらない。メールの内容はどれも、行ってこい、と促《うなが》すものばかりだった。

「少しは不安にならないの？　わたしがほかの男子と遊びにいくんだよ」

『泉だから平気だ』

「でも、二人きりになる。荘太郎はここにいて、わたしと泉くんが何をしているかわからないんだよ？」

我ながら無神経な言葉だった。どんくさいわたしでも気づけるくらいに、尖《とが》った言葉。

感情があふれた。思ってもいないことや、避け続けていた言葉、これからすべてがこぼれていくのだとわかった。とめられない。もうとめられない。

不安になっているのはわたしのほうだった。

「それとも何、わたしを病室から追っ払いたいの？　朝こられるのも本当は迷惑だから、学校に行けって真面目に指摘するフリをしてるの？　それで少しでも遠ざけるために泉くんを紹介したの？」

『違うよ』

「じゃあどうして」

『泉はいいやつだ。信用できるんだ』

「そればっかり。答えになってない」

『答えられないこともある』

「はっきり言えばいいのに。こうなったのはわたしのせいだって。わたしがアイスを買いに行けって言ったから、自分はこうなったんだ。だから恨んでるって！」

　返事はなかった。違うとも、そのとおりだとも、言ってこない。

　乱れている自分が恥ずかしい。どんくさい。無神経。過去の自分の失敗がなぜかいま、よみがえる。恥ずかしい、こんなことを言って後悔している。そのはずなのに、怒りもとまらない。憤りが、おさえられない。何も答えてくれない荘太郎が腹立たしい。苛立《いらだ》っている自分が腹立たしい。

「もう知らない。そんなに言うんならデートに行ってきてやる。泉くんは信用できるんだもんね。わたしがキスしようが何しようが、信用できるから平気なんだよね」

　叫ぶ。息を吐く。

　ぜえぜえ、と苦しかった。

待ってみても、やはり返事はなかった。どうしようもなくなって、このままでは壁を手当たりしだいに叩いてしまうような気がして、わたしは逃げるように病室を飛びだす。

外にでると同時、乱暴に泉くんへの返事を打った。

3

待ち合わせは駅になった。そこは大型デパートも併設されている広大な駅で、デパートのなかに目的の映画館はある。映画を観たあとの時間つぶしもたっぷりできる。生活のすべてをこの駅まわりで完結できそうなほどだ。

時間は十時集合で、わたしは二十分前に来ていた。やってきた泉くんにそう報告した。

「別に十分前でもよくない⁉　二十分前の意味って何⁉」

二への過剰反応。案の定のリアクションだった。

さて、デートである。実は荘太郎以外の男子とのおでかけは、人生でこれが初めてだ。

もともと内気な性格で、しかも無神経ときている。どんくさくて、こんな女と付き合ったら面倒だ、なんて思われているのがオチなわたしに、最初に話しかけてくれたのが荘太郎だった。

同じくらいのやさしさをきっと、泉くんも持っていると思う。

泉くんは意外にオシャレができていた。病室で初めて会ったときがポロシャツにジーンズの恰好《かっこう》とシンプルだったから、今日もそうだと思っていた。

こうなると、わたしの恰好の自信がなくなってくる。

「その服似合うね。おれももっとちゃんとしてくればよかった」

ぽりぽりと、本当に恥ずかしそうに泉くんは頰《ほお》をかいた。

映画館に向かい歩きはじめると、彼はわたしに歩幅を合わせてくれた。何もない地面でわたしがつまずくと、呆れずに、野球部の素早い反射神経で支えてくれた。がしっとした腕に、起こされる。

なるほど、とひとりで納得する。これは確かにデートだった。


泉くんが観たいと言っていた映画は偶然にも、わたしと荘太郎が前から観ようと約束していた映画だった。約束し、果たせないでいる映画だった。口にしようか迷って、結局、開いた口にポップコーンを放りこんだ。余計なことを言う前に、無神経な言葉を吐きだす暇を与えないように、次々とポップコーンを口に運んでいく。ふさいでいく。

観終えたあとは、喫茶店に向かった。ポップコーンを食べすぎてあまりお腹はすいていなかったが、おごってくれるという言葉につい ケーキを頼んでしまった。

デートの内容としてはありきたりかもしれない。だけど泉くんの話は面白かった。わたしはまだ、彼を合わせても二人の異性としかデートをしたことがないけど、思うに、デートの内容を奇抜にしたがる男の子は、自分に自信がないひとだと認めているようなものだという気がする。

一緒に話していて面白いと思えればそれだけでデートは成功だ。現にわたしがそうだった。つかのま、彼と話している間、わたしは荘太郎のいる病室のことを思い出すことがなかった。

泉くんがあと少し痩《や》せていて、肌の色があまり黒くなく、手もゴツゴツとしていなかったら、わたしは彼を荘太郎と勘違いしてしまうかもしれない。

喫茶店をでてから、デパートを回った。本屋ではお互いに好きな本の紹介をした。アパレルショップではお互いに似合う服を探し、ああではない、こうではないと、はしゃぎあった。ゲームセンターで遊び、泉くんは大きな犬のぬいぐるみをとった。ぬいぐるみを見た彼は、隣の駅にお気に入りのペットショップがあると言ってきた。行きたいのだとわかって、ついていくことにする。

「ふわふわだね」

電車の移動中、ぬいぐるみをさわって遊んでいた。駅についたところで急に背後から、急いでいたらしい男性に追い抜かれる。高校生、同い年くらいだった。何か大きな忘れ物を思い出して、あわてて取りに戻っているみたいだった。追い抜かれた拍子に倒れそうになって、泉くんが支えてくれた。

目当てのペットショップで泉くんは犬を堪能した。わたしは猫だった。そうやって過ごし、あっという間に夜になって、気づけば夕飯も済ませてしまった。一日中、遊んでいた。デパートを抜けて、そろそろ帰ろうと改札を目指した。途中の駅まで一緒だったので、同じ電車に乗った。

わたしの降りる駅が先になり、席を立った。

「じゃあね。楽しかった」

泉くんが言った。

「うん。今日もいい日だった」

「え？　今日も？」

「……あ」

うっかりする。口にこぼした余計な言葉。ついに出してしまった、ぽろ。

目の前にいるのは、荘太郎じゃなかった。それなのについ、合い言葉をしゃべってしまっていた。恐れていたことが起こっていた。

彼を、荘太郎と錯覚して。

「なんでもない。またね」

「ああ。また誘う」

そう言って、この日のデートは終わった。

帰り道、今日あったことを思い返す。泉くんの顔が何度も頭に浮かび、そこへ荘太郎の顔が間にはさまってきた。

この気持ちは、なんだろう。


荘太郎の病室に向かうとき少しだけ緊張した。前回のことが頭をよぎり、なかなか戸が開けられなかった。接着剤で固められているみたいに、ぎっちりと、動かない。

彼との喧嘩《けんか》。思えば初めてだったかもしれない。結局、わたしが一方的に叫んでいるだけだったけど。

深呼吸をすると、床の接着剤がはがれて、戸が開いた。少しだけ下を向いて、わたしは病室にはいった。荘太郎には見えているはずもないけど、申し訳なさそうな顔もした。

　パイプ椅子を持ってきて座る。何もしゃべらず、彼の手を握ると、すぐに気づいてメールを送ってきた。

『昨日は楽しかった？』

「うん。その、映画を観てきたよ」

　わたしは冷静に応えることができた。泉くんと行った店のことや、会話の内容のことも、ぜんぶ話した。冷静でいられていると思っていたら、口調がどんどん早くなってきてしまった。

　さっさとこの報告を終わらせてしまいたい自分がいた。すべてを話さないと満足できなくて、罪のつぐないをするみたいだった。

「楽しかった。でも安心して。手なんかつないでないよ。もちろんキスもしてない」

『そうか』

　そうか、という返事。

　文字だけで見ると心境がわからない。安心しているのか、それとも別の意味があるのか。ところでわたしはひとつだけ、荘太郎に言っていないことがあった。懺悔《ざんげ》していないことがあった。自分が嫌になる。それこそが、一番大事な報告であることを知っているくせに。

わたしは次も泉くんに、遊びに誘われていたことを隠していた。

やがて面会の終了が近づき、わたしたちはいつものやり取りをする。

「じゃあね荘太郎。今日もいい日だった」

『明日も好きだよ』


ウオオオオオオオ！　とアルプススタンドが歓声をあげた。わたしと泉くんが座っている、ちょうど真向かいのスタンドだ。敵側のチームに点が入ったらしい。ずいぶんと距離があるはずなのに、向こうのスタンドの人々の熱気が、風に乗ってこちらまでやってくる。野球の試合観戦というものを、はじめて体験していた。

隣の泉くんはわかりやすく落ち込んでいた。わたしは売り子から買ったからあげを食べていて、その瞬間を見逃していた。見ていたとしても、きっとわからなかっただろうけど。スポーツの苦手なわたしは野球のルールさえ知らない。確か荘太郎もそうだった。荘太郎と泉くんの違いを、またひとつ見つけた。

泉くんはおとなしかった。好きな野球観戦のはずなのに、不思議だなと思った。もしかしたら、さっきの失点をまず落ち込んでいるのだろうか。もしくは自分の過去の体験を、野球部のことを思い出しているのだろうか。結果、どちらも違った。黙り込んでいた泉くんは、意を決したように、とつぜんこちらを向いてきた。

「音葉、きみに言ってないことがある」

「え？」

「音葉におれを紹介したのは、荘太郎なんだ」

よくわからない。

どんくさいわたしは、肝心のグラウンドから目をそらしてまで話をしている意味がわかっていない。

「うん。知ってるよ。それで病室で会ったじゃない」

泉くんは首を横に振る。

そして続ける。

「荘太郎がおれに言ったんだ。恋人になってほしいひとがいるって」

歓声がやんだ。

やんだのではなく、わたしの耳がそれらをシャットアウトしていた。彼の言葉だけを、拾えるように全身が集中していた。

「聞いてみると、それはあいつ自身の彼女だっていうんだよ。秘密にしろと言われてたけど、いまここで話す。あいつはもう、長くない」

アルプススタンドが沸いた。

今度はこちらのスタンドだった。音が、よみがえる。聞こうと思っていた言葉を、とたんに逃がしたい自分がいた。だけどもう遅い。わたしの耳は、すべてを聞き取った。

歓声のなかにわたしと泉くんだけが取り残されていた。

長くない。長くないとはどういうことだ。

「秘密って、どうして……」

「馬鹿《ばか》だよな。あいつはおれに、音葉を託そうとしてる」

長くないとは命のことだ。

この前の病室で、荘太郎は言っていた。

『答えられないこともある』

自分が死んでしまえばわたしが取り残されてしまう。彼はそう考えた。だから自分の代わりになるひと、一番の親友である泉くんを紹介したんだ。彼は言っていた。わたしを不幸にはしない、と。

「最初はおれ、断ろうとしたんだ。恋ってきっと、そういうものじゃないだろ。好きになってくれって言われて、なるようなものじゃあさ。昔でもないんだから。だけど会うだけ会ってみてくれって言われて、仕方なく行った。そしたら、きみがいた」

「それで……？」

「それで、遊びに誘ったんだ」

答えだ、というように泉くんはそれ以上、何も言わなかった。

気づけば試合が終わっていた。どちらが勝ったかもわたしにはわからない。

帰り際、泉くんは一言だけこう言った。

「また会ってくれるか？」

荘太郎の顔が浮かんだ。それでもわたしは、断ることができなかった。

泉くんに荘太郎の事情を聞いてから、わたしは彼の病室に行っていなかった。四日も連続で向かわなかったのはこれが初めてだ。

荘太郎はわたしを泉くんにゆずろうとしている。託そうとしている。それがやさしさなのかどうかはわからない。自分が応えたいかどうかも、あいまいだ。どんくさくて、無神経で、だから自分の発言に、自分の意思に強気になれない。

泉くんがわたしに、わたしが泉くんにふさわしいことを、荘太郎は知っている。わたしのことを一番よく見ていてくれていた彼が選んだ、男の人。

もう長くない。

いま、かろうじて電波を介してできる会話も、やがてできなくなる日がくるのだろうか。あの奇跡には消費期限があって、それが着実に近づいている。

わたしと泉くんは暇さえあれば頻繁に会うようになっていた。荘太郎の事実と向き合いたくなかったからか、それとも純粋に泉くんに会いたかったのか。

今日の放課後も、普通なら病院に向かっている時間だった。港に面した緑の公園があって、今日はそこへ遊びにきていた。

「何か買ってこようか?」

ベンチの隣に座る泉くんが言ってきた。彼が指をさした先には、道路をはさんでコンビニがあった。

「飲み物とか、どう?」

「アイスがいいな」

「どんな」

「ガリガリ君」

「でも、いま冬だぜ?」

「冬だからいいんだよ」

やれやれ、という風にため息をついて、わかったと、泉くんが駆けだす。一瞬、それきり泉くんが戻ってこないのではないかと思った。彼が道路を渡り、コンビニにはいり、また道路を横断して戻ってくるまで、一度も目をそらさなかった。荘太郎のときのように、車に轢かれて目が覚めなくなって、だけどそんな予想は幸い当たらず、泉くんは普通に戻ってきた。

袋をやぶき、わたしにガリガリ君を渡してくる。お礼を返して口に運ぼうとしたとき泉くんが言ってきた。

「やっぱりおれ、甲子園いきたいよ」

「……いまのチームじゃ無理そう?」

泉くんは遠慮がちにうなずいた。

「高校生活はあと一年ある。もっと強い高校に」

「転校するの?」

「わからない。悩んでる。いまのチームを放っていいのかという思いと、もうひとつ」

「もうひとつ?」

「こっちには音葉がいる」

冬なのにアイスがもう溶けて、しずくがぽたりと、泉くんとわたしの間に落ちる。

泉くんがわたしのところに近づいてくる。

そうっと、傷つけないように。

手から、脚から。体が近づいてくる。

泉くんの手がわたしの肩に触れる。

顔が、唇が近づいてくる。

わたしは目をつぶる。

そして。


「……だめ」

できなかった。近づいてくる泉くんを、震えながら押し戻す。乱れた呼吸を、鼓動を、必死にととのえる。

「音葉」

「ごめんなさい……」

荘太郎のことがどうしても離れなかった。これが彼の望みなのだとしても、わたしは受け入れることができなかった。

ずっと悩んでいた。ひそかに、抱いていた。荘太郎をこん睡状態の事故においやったのは、自分のせいなのだと。わたしに、荘太郎のそばにいる資格なんてあるのだろうかと。恨んでいないひとなんて、いないのではないかと。どんくさくて、まわりの敵意や殺意に気づいていないだけなのではないかと。

ずっとわからなかった。

病室に毎日お見舞いに行っていたのは、つぐないの気持ちなのか、それとも正直な愛の気持ちだったのか。

いまわかった。

ようやくわかった。

やっぱりわたしは、荘太郎じゃないとダメなんだ。ほかの誰かじゃダメなんだ。かえがきく人間なんてひとりもいなくて、似ているひとなんかじゃダメなんだ。

「わたし、いかないと」

その言葉で、泉くんはすべてを察したようだった。彼はわたしの手からガリガリ君の棒を取り、行け、と手で促す。

もう迷わない。荘太郎のもとへ。

壊すように病室のドアを開けた。ぱあああん、と激しい音がなった。戸には以前に感じたような接着剤はもうなくて、代わりに潤滑剤《じゅんかつ》が塗ってあるみたいだった。心の持ちようで、ここまで違うのだ。

荘太郎の眠っているベッドにたどりつくまでに、携帯が一度振動した。メールも確認せず床に携帯を放った。ベッドのシーツをつかみ、彼にもし意識があるなら、つかみかかってもよかったと思うくらいの勢いで、迫る。

「離れないから！」

決意の言葉。

「わたしは荘太郎が好きなんだ！　きみが一番好きなんだ。だから離れない。迷惑だろうが、お荷物だろうが、関係ない。誰に言われても、離れてやらない。ずっとそばにいてやるんだから！」

だから。

お願い。

どんくさくても。無神経でも。

「わたしのわがままを、黙ってききなさい！」

ベッドの荘太郎は相変わらず微動だにしない。

横にならぶたくさんの機械はどれも、わたしの怒号におびえることなく、規則的に動いている。

でもきっと、もし彼が起きていたら、ここまで意見を主張しているわたしに目を丸くしたことだろう。ボーっとしていたわたしがしっかり自分の意思を叫ぶなんて、この目で見られてよかったと思うだろう。

すっきりした。抱えていたモヤモヤが晴れていた。だけどまだまだ困難はある。荘太郎はもう長くない。

つらいことも、泣きたいこともたくさん襲ってくるだろう。だけどわたしは逃げたりしない。限りある時間をいっぱい使って、彼のそばにいる。

メールが何通も届いてきた。どれも彼のお礼の言葉だった。届いたのだと、ほっとして、わたしは床に崩れ落ちた。

4

それから毎日、彼の病院に通った。わたしが見舞いにこなかった間、彼はわたしや泉くんだけではなく、自分の両親とも会話をはじめたことを教えてくれた。

体こそ動かないものの、目こそ覚まさないものの、それでもちゃんと会話ができて。まるで事故を起こす前と変わらない日常のようだった。

「泉くん、転校しないでいまの野球部に残るってさ」

『音葉がこっぴどくフッたから？』

「ちょっと！」

『冗談だよ』

「大事なのはどこでプレーするかじゃなくて、自分がどうプレーするか、だってさ。ちょっとだけかっこいいよね。気づかせてくれてありがとうって、お礼も言われたよ。わたし何かしたかな」

『泉はそういうやつだよ。ひとの何気ない部分から、自分の成長するポイントをしっかり探せるんだ』

だけど日が経つうち、彼の病状が悪化していくのがわかった。それは彼が送ってくるメールにも、あらわれるようになった。

「この前、ガリガリ君のメロンパン味がでたんだよ。メロンパンだなんて、斬新でいいよね」

『dｂ祖fｐ』

「え？」

『そうだね』

メールの文字化け。

それはこの一通にとどまらなかった。

「もうすぐ期末テストだよ。いつも荘太郎に見てもらってたけど、今回はわたし、頑張らなきゃね」

『hfvごqqq』

「どうしたの？」

『fvぢいぅ』

まともなメッセージにならないこともあった。だけど調子のいいときはちゃんと会話もできる。たまに発作のように、この文字化けが起こるのだった。

わたしは荘太郎に不具合を悟らせないように、言葉に気を遣った。伝わっているフリをして会話を進めることもあった。彼は自分のメールをきっと、文章で確認することはできないはずだ。あとで読み直すということも、きっとできないはずだ。だから可能なかぎり、隠してあげたい。

自分の意思でメールを送っていると言っていた。メールなのだから、何かの電波を介しているのかもしれない。その彼の意思が正しく伝わっていないということは、電波が乱れているか、弱まっているかのどちらかだろう。こん睡状態にいる彼の体をむしばんでいる何かがいる。

家に帰ってからは彼の夢を見た。わたしが荘太郎の呼吸器をはずして、何かを必死に訴えている。だけどそれは彼のメールを読みあげているみたいに、言葉になっていない。やがて荘太郎がぱっと眼を開けて、口から大量の魚を吐きだしていく。いつかの夜に食べたサバや、きんめだい。青色のきれいな魚だったり、映画で観たような派手なオレンジ色、黄色で尾が黒の熱帯魚まで。魚たちはぱくぱくと口を動かして、何かをしゃべろうとしているが、わたしには伝わらない。耳がいいわたしは床にかがんで魚の言葉を聞きとろうとするけれど、小さすぎて、やっぱり拾えない。

その夢を見てから、三日は魚が食べられなかった。

何も会話をしないでじっと彼を見つめているだけの日もあった。『どうしたの?』と訊かれても、「なんでもない」と返して会話をしめて、彼をただ、ながめたいと思う日があった。世界のルールから、はみだした彼とわたしの時間。

近い。

手だって握れる距離だ。

髪だって撫でられて、頬だって触れる。

こんなにも近い。

近いのに、すごく、遠いんだ。

受付で面会の手続きをすませていると、いつもの看護師コンビのひそひそ話が聞こえないなと思った。受付のひとはいつも同じ静かな看護師のひとで、馴染《なじ》みもあった。興味本位で尋ねると、あの二人は辞めたのだという。

「ごめんなさいね。いつも不快な思いをさせていたでしょう」

受付のひとが、わたしを見ていてくれていたことに驚いた。そのせいで、少しだけ返事が遅れた。

「いえ、いいんです。あの二人が辞めたってことは、荘太郎の担当看護師さんも変わったんですか？」

「ええ。あの二人、あなたの彼氏の部屋で雑談していたみたいなのね。それを咎《とが》められて、辞めたみたいよ」

静かなひとだと思っていたら、ずいぶんとしゃべるひとだったみたいだ。別にいいけど。言いたいセリフをおさえながら生活していく気持ちが、わからないでもないから。

「でも、雑談しているってどうしてバレたんですか？」

「密告のメールがあったみたいよ。噂《うわさ》だけど」

メール。

看護師コンビの雑談を密告できる誰かさんといえば、彼しかいない。

話題のタネにしようと、ニヤニヤしながら彼の病室にいく。問いただすと、案の定、白状した。久々に楽しく会話ができた。長く彼とコミュニケーションがとれていた。

だけどその間で、新しく気づくことがあった。

彼の入力できる文字数が減っていた。

『正月が過ぎたね。お年玉、もらえ』と、そこで途切れて。

『なかった』

メールをすべて読み返すと、彼の返事はすべて十五文字以下になっていた。たまにオーバーすると、次のメールにまたぐことになる。彼の弱体化。それはタイムリミットが、迫っていることを意味していて。でもだめだ、さびしいと感じさせてはいけない。努めて明るくいると、決めたんだ。きみのそばにいると、決めたんだ。

「お年玉より、おもちだよ」わたしが言った。

『音葉ｈａ初夢、ミた？』

「魚の夢を見たよ」

『ｅ？』

「なんでもない。荘太郎は何か見れた？」

『ここが夢のなかだ』

カーテンの隙間《すきま》からさしこむ夕日に気づく。赤とオレンジの混ざった力強い色だった。カーテンを開けると、床の一面を照らした。光がのびて、荘太郎の寝ているベッドの足元にもさしていた。この暖かさを、彼も感じているだろうか。

立ちあがり、パイプ椅子を片づける。面会時間の終わりが近づいていたので、そろそろ帰るつもりだった。カバンをかつぎ、忘れものがないかを確認する。彼に背を向けて、戸に手をかけようとした、そのときだった。

背後で布のこすれる音がした。かすかな音だけど、聞き逃さなかった。どんくさいわたしの、唯一のとりえで拾いあげた音。

続いて聞こえるのは、ベッドのスプリングが、ほんのわずかにきしむ音。

寝ているひとが起き上がるような、そんな動作の音。

「挨拶もなしで帰るのかい?」

やさしく、胸の奥まで届くような、彼の声。水を飲んだみたいに、静かに体のなかに染みていく。

たまらず振り返る。

上半身を起こし、呼吸器を外している荘太郎がいた。

ぽかんと口を開けて、ほっぺをつねり、痛さに笑い、涙が流れた。

「荘太郎!」

カバンを放りだし、駆けよる。シーツをつかむ。肩をつかみ、彼を揺らす。口角があがり、荘太郎が笑った。ああ、笑った。笑った。表情が動いた。夢じゃないんだ。

「待って! いま看護師さんを呼ぶから! ナースコールは」

探していたわたしの手をつかみ、彼がとめた。首を横に振る。どうして、だって、目覚めたんだから。

「聞いて。時間がない」彼が言った。

「じ、時間がないって？」

「またすぐに眠ることになると思う。自分の体のことだから、わかるんだ。呼びにいっている時間は、たぶんない。だからきみと話したい」

「また眠るって、そんな……」

「聞いて。伝えたいこと、たくさんある」

「わたしだって！」

彼の胸元に顔をうずめる。温かい。生きている人間の、体温だ。健康なひとと、何ひとつ変わらない体温だ。なのに、それなのに、眠るだなんて信じられない。

「わたしだって、言いたいことあるもん……」

「音葉がいてくれるのが、本当にうれしかった。泉とならきみは、と思ったけどやっぱりそう簡単にはいかないね。さすが音葉だ」

「あは、はは」

笑う。せいいっぱい、笑う。彼の前で、笑顔を見せたくて。感情があふれるのを、我慢して。この時間を大切にしたいから。

「あのまま泉と一緒にいてくれたら、安心できたのにな、音葉はほんとに空気が読めないんだから」

「それ褒めてる?」

「ああ、褒めてる。選んでくれて、うれしかった。やっぱりどこかで、僕もさびしさがあったんだな」

「わたしが安心できるのは、荘太郎のそばだけ」

彼は伏し目がちに笑った。その目が閉じて、開くのが、遅く感じた。まばたきひとつに、ものすごい体力をつかっているみたいな動作だった。

「音葉、もう眠りそうだ」

「まって! いかないで」

体の力が抜けて、ベッドに倒れかける彼をつかむ。荘太郎も応えるように、目を開けてくれていた。

「怖いよ。わたしやっぱり怖いよ。そばにい続けるのが、正解なのかわからない。こんなことしかできないのかなって、毎日泣きそうになる。ねえ、どうすればいいの?」

「今日も、いい日だった」

「嫌! まだ起きていてよ、ずっと起きていて! 荘太郎がいないと嫌だ。お願い。そうだ、アイスを買ってくるよ! ガリガリ君を買ってくる。だから、お願いだから……」

荘太郎が腕を伸ばし、わたしの髪に触れる。天然パーマの黒髪。なつかしさに浸るみたいに、目が細まる。

「もし眠ったあと呼吸をしていなかったら、呼吸器をつけるか、看護師を呼んでくれ。僕もすぐには死ぬつもりはない」

わかった、とつぶやいていた。わかった、わかった、わかった、と何度もつぶやいた。

彼の手がわたしの髪から離れる。ゆっくりとベッドに寝かせる。

「聞かせてくれ。きみの挨拶が聞きたい」

「明日も、好きだよ」

応えると、それがスイッチだったみたいに、彼はまぶたを閉じてしまった。それきり起きてこなくなった。泣きながら呼吸器をつけた。

無神経で。どんくさくて。

彼がこんなことになるまで、何も思わずに日々を食いつぶしていた。ボーっと、空に飛ぶ鳥を数えるみたいに過ごしていた。それは日常が、当たり前に続くと思っていたからだ。

でも気づく。

この日常は、世界の誰かが必死に勝ち取ってきたものなのだと。退屈だと見向きもしてこなかったいつかの一日は、みんながみんな、もがいて、あがいて、そうやって勝ち取ってきたものなのだと。わたしはただ、その恩恵にあずかってきただけだった。

ねえ荘太郎。やっぱりわたしは、きみのいない日常が耐えられない。

「耐えられないし、信じられないよ」

だから勝ち取る。わたしはあの日常を、また勝ち取るんだ。

いつも彼に支えられてきた。どんくさいわたしを、呆れず支えてくれた。だから今度は、わたしが助ける。涙を流している場合じゃない。くじけている場合じゃない。いますぐぬぐって、いますぐ立ちあがれ。

するべきことが、見つかったから。

5

病院中をめぐり、荘太郎の担当医を探した。はじめて病院にきたとき、彼の家族とわたしに容態を説明したあのひとに違いない。年齢よりもしわがれた声。いくつものひとを救ってきたというよりは、いくつものひとを葬ってきたかのような風貌《ふうぼう》。ちゃんと覚えている。だけど見つからなかった。

仕方がなかったので看護師に特徴をいい、手伝ってもらうことにした。探しています、どこにいるでしょうか。

「どこか悪いの？」

「いいえ、診てもらいたいのは、わたしじゃないです」

ほかにも訊きたいことがあったようだったが、看護師はそれ以上何も言わずに、わたしを手伝ってくれた。担当医のひとは、石塚《いしづか》さんといって、いまはほかの患者の手術を行っているところらしい。場所を聞いて向かった。一階にある床がグリーンになっている廊下の一番奥が、手術室だった。

ちょうど手術が終わったのか、石塚さんが付き添いにやってきたであろう、家族に説明をしているところだった。家族だとわかったのは、全員が身をよせあって、ひそかにお互いの服をつかんでいたからだ。石塚さんの声は聞こえないが、家族全員、ほっと体の力を抜いたのがわかった。手術は成功したらしい。間が悪いが、こちらも急いでいた。

早足で近づいていくと、途中で石塚さんが気づいた。ぎらりと目を光らせて、わかりやすいくらいに警戒された。近づく前に足がつまずいて、転びそうになる。だけどぎりぎりのところでこらえて、そのまま進む。

「お願いします。彼のことも助けてください」

「いきなりなんだ、きみは」

「賀川荘太郎のことです。彼はまだこん睡状態です。危ない状態なんです。お願いです、手術ができるのなら、助けてください」

頭をぽりぽりとかく。面倒くさいやつにからまれた、と全身でアピールしてくる。石塚さんは自分の体を見回し、早くこの手術着を脱ぎたいのだと遠まわしに言ってくる。

「もう一度、彼を診てください」

「あのね。きみの言ったとおり、彼はこん睡状態だ。こん睡状態の患者をこれ以上、どう診る」

「彼、弱っているんです。どんどん。このままじゃ……」

「目覚めることはないとは話したが、衰弱《すいじゃく》することはない。要するに、彼は目覚めもしなければ死にもしない」

「でも確かに衰弱してる。原因を調べてください。手術をしてください」

「訊いたら答えが返ってくるのかね？　どこに痛みを抱えて、意識のこんだくがどの程度なのか、脳の損傷はひどいものなのか。ぜんぶを訊いたら、答えてくれるのかね？」

石塚さんは続ける。その声に、少しだけ熱がおびているのがわかる。

「ぜんぶが不鮮明だから、手のつけようがないんだよ。視力をなくしてひとの体にメスをいれるようなものなんだ。彼がせまい病室に閉じ込められているのはわかる。だが無理なものは無理だ」

「会話ができたら、助けられるんですか?」

「それはもしもの話だ」

「もしもじゃ、ないとしたら?」

石塚さんが眉をひそめる。遠ざかろうと、歩きはじめる。わたしは必死に呼びとめる。

とまらないので、服をつかんだ。

「彼と会話ができるんです! 携帯電話を通して、メールを送ってくれる。荘太郎は自分の病状を把握してる。衰弱しているのも、それで知りました。問診してください。間にあうなら、手術を、してください」

「悪いけどね、きみの話を信じるのは霊能力者だけだ」

つかんだ服をひきはがし、石塚さんは去っていく。世の中の常識からはみだした人間に向けるような、慈悲のない目つきだった。

だめだ。

このままだと信じてもらえない。

病院の外にでるころにはすっかり夜だった。わたしが向かったのは、荘太郎の家だった。

一般家庭の、平和の象徴のような家。彼と付き合ってからは、ふてぶてしくも、ここを自分の居場所だと錯覚しかけていた家。彼が事故にあってから、わたしは初めてやってきた。一度も足を運べなかったのは、やっぱり、彼の家族のことがあるから。

きっとわたしを恨んでいる。あなたのせいで彼はいま、病室に閉じ込められているのだと。ひどい事故にあわせるようにけしかけたのだと。

ひどく責めたててくるかもしれない。殴られてしまうかもしれない。泣きすがって、荘太郎を返せとつかんでくるかもしれない。だけどわたしは、彼を助けたい。まだ諦めたくない。そのためには、彼の家族の協力が必要だ。どんな罵倒《ばとう》でも、受け入れるんだ。

インターホンを押す。

でてきたのは、荘太郎のお母さんだった。背が高くて、目が彼にそっくりだった。お母さんは最初に驚いた顔をして、「どうぞ」と、申し訳なさそうな声で出迎えてくれた。

お母さんはそのままわたしをリビングまで通してくれた。ソファでは荘太郎のお父さんがテレビを見ていた。お邪魔しますと声をかける。緊張して喉が渇いていたから、変な声だった。お母さんと同様、お父さんも最初は驚き、申し訳なさそうな顔に変わった。正直、二人の反応は、わたしが想像していたどんなものよりも遠かった。

テーブルの前についていると、紅茶がだされた。どんな種類のお茶かはわからないけど、一気飲みをした。お母さんがぽかんと口を開けたのを見て、しまったと思った。どんくさい。無神経。空気が読めない。

荘太郎のお母さんが向かいに座った。お父さんはわたしのほうを見ないように、テレビだけをじっと見ていた。きっとテレビに映る内容は、見ていない。

沈黙が続く。なんのためにここに来たのだと、自分を叱咤《しった》する。彼を救うため。そう、彼を救うのを協力してもらうため。だから。

口を開こうとしたとき、お母さんのほうから切りだしてきた。

「荘太郎とメールを通して会話ができることを知ったとき、その場で泣いたわ。あそこでクールにテレビを見ているフリをしているお父さんもね」

やっぱり会話を聞いていたお父さんが、ぎろりと、お母さんを睨《にら》んだ。少し可笑しくて、笑みがこぼれる。緊張がゆるんだ。

「初めて話せたとき、あの子、なんてメールしてきたと思う？　どんなことを話したと思う？」

「……わかりません」

「音葉を恨まないでくれって、そればっかり。私たちがわかったと言うまで、ずっとそのメールをしてきたの」

自分の状態よりも。

家族のことよりも。

彼が話したのは、わたしのこと。

いつだって、荘太郎は。

「正直ね。あなたをまったく恨んでいなかったといえば嘘になる。音葉ちゃんが許せないと心のどこかで思っていて、私たちは、それをあの子に見透かされたのよ。とっても恥ずかしくて、申し訳ない気持ちになった。あなたにぜんぶ背負いこませてしまっていたことに、やっと気づいた。つらかったわよね」

恨んではいないのだと。もう許してくれているのだと。それがわかってほっとして、また、涙がこぼれそうになる。

「本当にごめんなさい。ろくに会いもせず、あなたを避けていた私たちを許して」

「そんな、違います。だってわたしが……」

ぜんぶ悪い。

と、終わりまでお母さんはわたしに言わせなかった。それでも何か言いたくて、口のなかで、言葉が必死にもがいていた。

「わたしだって、お母さんたちを避けていた。逃げていたんです。怖いという気持ちもあったけど、何より傷つけてしまいそうで嫌だったんです」

「でも今日、きてくれたのね」

そう。ここにきた。

目的があって、ここにきた。

「荘太郎は、もう長くありません」わたしは言った。

お母さんはその言葉をゆっくりのみこんで、静かにうなずいた。

「だけどもしかしたら、手術で助かるかもしれない。もう一度だけ診てもらえれば、何か変わるかもしれない。今日、担当医に会ってきました。彼とのメールのことも話したけど、ぜんぜん、信じてもらえませんでした。だからお願いがあります」

椅子から立って、頭を下げる。どんくさくて、無礼なわたしなりの、精一杯の懇願。

「担当医への説得を手伝ってくれませんか。彼とメールで会話しているというひとが、ほかにもいてくれたら、きっと今度こそ、信じてくれると思うんです。彼を助けたいんです。だから、だから、だから……」

お母さんがそばにやってきて、わたしの頬に触れた。小さなハンカチで、気づけばあふれていた涙を、やさしくぬぐってくれた。

翌日。朝から病院に向かい、石塚さんを見つけてつめよった。表情の乏《とぼ》しい彼も、さすがに大人数で来たわたしたちにはぎょっとしていた。荘太郎の両親だけでなく、泉くんにも来てもらっていた。

「ありがとう、泉くん」

「九回裏で逆転するのが、真のヒーローなんだよ」

わたしたちは石塚さんに説明を続けた。どれだけ逃げようとしても阻止した。それぞれ、携帯に送られてくる彼からのメールを見せた。

石塚さんはようやく折れて、一度全員で、荘太郎の病室に行ってくれることになった。だけどまだ安心してはいけない。ここからだ。たとえるなら、素人の人間がプロの力士と土俵にたつことをようやく許された状態。闘うことを許された状態。たとえ、下手だっただろうか?

とにかく、ここから頭でっかちで冷徹で血が何色かもわからないような石塚さんを、完全に信じさせなくてはいけない。

眠る荘太郎をかこむように、全員が集まる。わたしが声をかける。石塚さんはわたしたちの一挙一動を、ただ見つめている。

「おはよう、荘太郎。一応言っておくと、平日でも冬休みだからいまは学校はないよ」

すぐに携帯が振動した。

『なんだか今日は、足音が多い』

「みんな来てもらってる。荘太郎の家族も、泉くんも、それから、担当医の石塚さんも」

『石塚さん？』

貸せ、と石塚さんがわたしの携帯を強引に奪う。画面に開いたメールの内容を確認する。目が見開いて、少しだけ動揺しているのがわかった。だけど冷徹の顔にすぐに戻って、わたしに携帯を返しながら言ってくる。

「くだらない。手品だ。ああそうか、ぜんぶわかった」

ため息とともに、続ける。

「きみたちがグルになって、私をだまそうとしてるんだな。誰かがひそかに、彼女にメールを打っているんだ。そうに決まってる。いったい何がしたいんだ、きみたちは。私に恨みがあるなら、はっきりそう言えばいい。担当医である私が彼を助けられないから、憎いんだろう。ならば口で言え。こんなまわりくどい嫌がらせをしないでくれ」

違う。そうじゃない。だけど全員が言えない。石塚さんの迫力に押されてしまっていた。

そのとき、携帯が振動した。荘太郎からのメールだった。

内容を確認し、わたしはそれをもう一度、石塚さんに見せることにした。

メールにはこう書かれていた。

『夜、立ちよってくれる石塚さんに』

途切れ、また次のメールがくる。弱っているいまの彼は一度のメールで十五文字までしか打てない。たまに文字化けもする。

『感謝しています。僕のそばで』

『「すまない」と何度も謝ってくる』

『あなたに、とても申し訳ない』

『気持ちになります』

面会時間が過ぎてからの話だとわかった。夜の病室で、ひとりやってくる担当医の石塚さんは、誰にも見えないところで、彼に何度も頭を下げていた。

「ばかな……」

石塚さんは動揺していた。それは、石塚さんと荘太郎にしか知りえない、事実だから。誰にも見せていなかったはずの、彼の弱みだったから。

「それじゃあ、本当に？」

石塚さんが頭をかかえる。理解できないことが投げこまれて、必死に自分の形にととのえようと、もがいている。

　世の中にはきっと、たくさんの、はみだした事情がある。荘太郎やわたしたちのように、日常の常識から一歩はみだしているひとたちが、ほかにもいるはずだ。とまどい、理解できないことが常に起こっている。不思議な世界は、気づかないうちに、いつも自分の隣に腰をすえている。

　そういうものに向き合うとき、ひとは自分を試される。理解できないとさじを投げて逃げるか。もしくは妖怪や幽霊、神様や宇宙人、そういう未知のものの仕業だと、責任を押しつけるか。それとも正面から向き合い、運命なのだと受け入れようとするか。受け入れて、さらに乗り越えようとするか。現状を、打ち砕こうとするか。

　はみだしものに向き合ったとき、ひとは初めて、真価を問われる。

　そして、石塚さんの答えは。

「彼と二人にしてくれないか。それと悪いが、携帯を貸してくれないか？　話が、したいんだ」

　今度は乱暴に奪ってくることなく、そっと、許可を求めるように手が伸びてくる。わたしは石塚さんに携帯を渡した。サテライト。彼とわたしをつなぐ、人工衛星。唯一の通信手段を、石塚さんに託した。

わたしたちは全員、彼の病室の外で待機した。

三十分ほど経ったころ、とつぜん戸が開いた。石塚さんは無表情のままわたしに携帯を返してくる。どうでしたか？　と尋ねる間もなく、彼は早足で去ってしまった。どうなっているのだとお互いに顔を見合うが、誰もさっぱりわからない。

石塚さんが廊下の奥の角を曲がり、姿を消す。置いてきぼりにされたまま、わたしはただ、彼の消えた廊下の先を見守っていた。石塚さんは荘太郎とどんな会話をしたのだろう。何を聞いて、何を答えたのだろう。もしかして、だめだったのか？

うつむきかけたそのとき、石塚さんと入れ替わるように、三人の看護師が走ってきた。あっという間にたどりつき、邪魔ですとわたしたちは端に寄せられる。看護師は荘太郎の病室にはいり、それからベッドごと彼を外にだしてきた。

「あの、何をしてるんですか？　うちの息子は」荘太郎のお母さんが訊いた。

二人の看護師が忙しそうに準備をしているなか、手の空いた一人がこちらを向いてきた。看護師は不審そうな表情をうかべていた。どうしてもわからないという顔をこちらがすると、しぶしぶ看護師は答えた。

「石塚先生から聞いていませんか？　いまから、緊急の手術を行います」

手術室に運びこまれる寸前、荘太郎からメールが届いた。移動する荘太郎と看護師たちに必死についていきながら、わたしはそれを読んだ。

『きみだった。携帯なんかじゃない』

どういう意味なのか訊こうとした。だけど手術室の目の前にきたところで、とうとう看護師にとめられた。わたしたちの付き添いはここまでとなった。

扉の奥に消えていく彼を、ただ見つめる。携帯を胸に抱いて、荘太郎の残したメッセージを、ぎゅっと握りしめる。携帯が一度振動して、さっきの続きを受信した。

『僕のサテライトは、きみだった』

それが彼から送られてきた、最後のメールだった。

6

手術が終わったあと、石塚さんから説明があった。

荘太郎は脳出血を起こしていた。事故でこん睡状態になって入院したあとのことだという。入院から一カ月後くらいにはすでに起こっていたはずだと聞いて、そのタイミングが、まさに彼との通信が始まった時期と重なることに気づいた。

「それで、手術は成功したんですか?」

「起きるのも、このまま眠り続けるのも、あとは彼の意志しだいだ」

手術から三日経ったいまも、荘太郎は眠り続けている。

ベッドの横で声をかけても、携帯に返事はなかった。いま、彼がついている眠りは、きっとこれまでとはまた違った種類の眠りなのかもしれない。目を閉じた彼を前にしながら、わたしは考える。

恋は。

恋というのはきっと、何があっても忘れたくないと思い、決して放したくないと願う、記憶のことだ。

恋というのはきっと、まわりが見えなくなるくらいに、誰かを愛することだ。

恋というのはきっと、自分の気持ちを素直には伝えられず、囚《とら》われて、ときには悩むことだ。

恋というのはきっと、どんなに遠くても、気持ちを伝えたいと思う、感情のことだ。

だから私は荘太郎に、恋をしている。

どれだけはみだしていても、何度でも、ひとは恋をする。

彼が目覚めることをきっと信じて、期待をこめて、わたしは美容室に行った。人生で初めての美容室だった。

とびはねた毛先を直して、天然パーマを矯正《きょうせい》してもらった。できあがったのは見事なストレートのわたしだった。変わりすぎて、荘太郎が勘違いをしないように、天然パーマのときにもつけていたヘアピンも、そのままつけることにした。

毎回、戸を開ける前にノックをするのが日課になっていた。もしも彼が目覚めていれば、返事があるはずだと思ったからだ。荘太郎の声が聞こえたとき、わたしは初めて、自分の日常を勝ち取ったのだと言える。

彼が目覚めたときのシチュエーションを何度も想像した。涙もこぼさない。乱暴に戸を開けて、駆けだしたりもしない。そう、あくまで自然な感じで。朝の登校時に友達と偶然会うみたいな気軽さで、彼と再会しよう。

荘太郎からの返事がないまま、さらに一週間が過ぎた。

あるときは、花を買ってみた。毎回、気づけば変えることにしようとその日に決めた。いつでもきれいな状態であるように、見事な花が咲いている状態にできるように、努めようと思った。

記念すべき最初の花はアネモネにしてみた。とくに意味はない。花言葉とかも調べていない。病院に向かう途中によった花屋で、たまたま目についたのが、紫色のアネモネだった。

戸を開ける前にノックする。いつものように返事はないだろうなと諦めて、早々に開けかけた、そのときだった。

「はい」

室内からの声。男性の声。持っていたアネモネの花束を落とす。

「どうぞ」

室内からさらに声がかかる。二度目の声で確信する。やさしく、胸の奥まで届くような声。水を飲んだみたいに、静かに体のなかに染みていく。

戸の奥の彼を想像する。

目の前で、やさしく笑う顔。わたしの髪を見て、驚いた表情。伸びた手が、くしゃっ、と頭を撫でてくる。わたしは涙をぬぐう。


戸を開けて、駆けだした。

（了）

※この作品はフィクションです。実在の人物・団体・事件などにはいっさい関係ありません。

集英社オレンジ文庫をお買い上げいただき、ありがとうございます。
ご意見・ご感想をお待ちしております。

● あて先
〒101-8050　東京都千代田区一ツ橋2-5-10
集英社オレンジ文庫編集部 気付
半田　畔先生

きみを忘れないための5つの思い出《しるし》

集英社
オレンジ文庫

2018年2月25日　第1刷発行

著　者　半田　畔
発行者　北畠輝幸
発行所　株式会社集英社
〒101-8050東京都千代田区一ツ橋2-5-10
電話【編集部】03-3230-6352
【読者係】03-3230-6080
【販売部】03-3230-6393（書店専用）
印刷所　株式会社美松堂／中央精版印刷株式会社

※定価はカバーに表示してあります

ISBN 978-4-08-680179-9 C0193

集英社オレンジ文庫

辻村七子

マグナ・キヴィタス
人形博士と機械少年

人工海洋都市『キヴィタス』の最上階。
アンドロイド管理局に配属された
天才博士は、美しき野良アンドロイドと
運命的な出会いを果たす…。

集英社オレンジ文庫

長谷川 夕

どうか、天国に届きませんように

誰にも見えない黒い糸の先は、死体に
繋がっている…。糸に導かれるように
凄惨な事件に遭遇した青年。背景には、
行き場のない願いと孤独が蠢いていた…。